名家散文珍藏

叶圣陶散文

叶圣陶 著

浙江文艺出版社

扫一扫，走近名家

目录

江南写意

世相描摹

故人旧事

江南写意

想起了藕就联想到莼菜。在故乡的春天，几乎天天吃莼菜。莼菜本身没有味道，味道全在于好的汤。但是嫩绿的颜色与丰富的诗意，无味之味真足令人心醉。

没有秋虫的地方

阶前看不见一茎绿草，窗外望不见一只蝴蝶，谁说是鹁鸽箱里的生活，鹁鸽未必这样枯燥无味呢。秋天来了，记忆就轻轻提示道："凄凄切切的秋虫又要响起来了。"可是一点影响也没有，邻舍儿啼人闹弦歌杂作的深夜，街上轮震石响邪许并起的清晨，无论你靠着枕头听，凭着窗沿听，甚至贴着墙角听，总听不到一丝秋虫的声音。并不是被那些欢乐的劳困的宏大的清亮的声音淹没了，以至听不出来，乃是这里根本没有秋虫。啊，不容留秋虫的地方！秋虫所不屑居留的地方！

若是在鄙野的乡间，这时候满耳朵是虫声了。白天与夜间一样地安闲；一切人物或动或静，都有自得之趣；嫩暖的阳光和轻淡的云影覆盖在场上，到夜呢，明耀的星月和轻微的凉风看守着整夜，在这境界这时间里惟一足以感动心情的就是秋虫的合奏。它们高低宏细疾徐作歇，仿佛经过乐师的精心训练，所以这样地无可批评，踌躇满志。其实它们每一个都是神妙的乐师；众妙毕集，各抒灵趣，哪有不成人间绝响的呢。

虽然这些虫声会引起劳人的感叹，秋士的伤怀，独客的微喟，思妇的低泣，但是这正是无上的美的境界，绝好的自然诗篇，不独是旁人最欢喜吟味的，就是当境者也感受一种酸酸的麻麻的味道，这种味道在另一方面是非常隽永的。

大概我们所蕲求的不在于某种味道，只要时时有点儿味道尝尝，就自诩为生活不空虚了。假若这味道是甜美的，我们固然含着笑来体味它；若是酸苦的，我们也要皱着眉头来辨尝它：这总比淡漠无味胜过百倍。我们以为最难堪而极欲逃避的，惟有这个淡漠无味！

所以心如槁木不如工愁多感，迷蒙的醒不如热烈的梦，一口苦水胜于一盏白汤，一场痛哭胜于哀乐两忘。这里并不是说愉快乐观是要不得的，清健的醒是不必求的，甜汤是罪恶的，狂笑是魔道的；这里只是说有味远胜于淡漠罢了。

所以虫声终于是足系恋念的东西。何况劳人秋士独客思妇以外还有无量数的人，他们当然也是酷嗜趣味的，当这凉意微逗的时候，谁能不忆起那美妙的秋之音乐？

可是没有，绝对没有！井底似的庭院，铅色的水门汀地，秋虫早已避去惟恐不速了。而我们没有它们的翅膀与大腿，不能飞又不能跳，还是死守在这里。想到“井底”与“铅色”，觉得象征的意味丰富极了。

1923年8月31日

藕与莼菜

同朋友喝酒，嚼着薄片的雪藕，忽然怀念起故乡来了。若在故乡，每当新秋的早晨，门前经过许多乡人：男的紫赤的胳膊和小腿肌肉突起，躯干高大且挺直，使人起健康的感觉；女的往往裹着白地青花的头巾，虽然赤脚，却穿短短的夏布裙，躯干固然不及男的那样高，但是别有一种健康的美的风致。他们各挑着一副担子，盛着鲜嫩的玉色的长节的藕。在产藕的池塘里，在城外曲曲弯弯的小河边，他们把这些藕一再洗濯，所以这样洁白。仿佛他们以为这是供人品味的珍品，这是清晨的画境里的重要题材，倘若涂满污泥，就把人家欣赏的浑凝之感打破了；这是一件罪过的事，他们不愿意担在身上，故而先把它们洗濯得这样洁白，才挑进城里来。他们要稍稍休息的时候，就把竹扁担横在地上，自己坐在上面，随便拣择担里过嫩的“藕枪”或是较老的“藕朴”，大口地嚼着解渴。过路的人就站住了，红衣衫的小姑娘拣一节，白头发的老公公买两支。清淡的甘美的滋味于是普遍于家家户户了。这种情形差不多是平常的日课，直到叶落秋深的时候。

在这里上海，藕这东西几乎是珍品了。大概也是从我们故乡运来的。但是数量不多，自有那些伺候豪华公子硕腹巨贾的帮闲茶房们把大部分抢去了；其余的就要供在较大的水果铺里，位置在金山苹果吕宋香芒之间，专待善价而沽。至于挑着担子在街上叫卖的，也并不是没有，但不是瘦得像乞丐的臂和腿，就是涩得像未熟的柿子，实在无从欣羡。因此，除了仅有的一回，我们今年竟不曾吃过藕。

这仅有的一回不是买来吃的，是邻居送给我们吃的。他们也不是自己买的，是从故乡来的亲戚带来的。这藕离开它的家乡大约有好些时候了，所以不复呈玉样的颜色，却满被着许多锈斑。削去皮的时候，刀锋过处，很不爽利。切成片送进嘴里嚼着，有些儿甘味，但是没有那种鲜嫩的感觉，而且似乎含了满口的渣，第二片就不想吃了。只有孩子很高兴，他把这许多片嚼完，居然有半点钟工夫不再作别的要求。

想起了藕就联想到莼菜。在故乡的春天，几乎天天吃莼菜。莼菜本身没有味道，味道全在于好的汤。但是嫩绿的颜色与丰富的诗意，无味之味真足令人心醉。在每条街旁的小河里，石埠头总歇着一两条没篷的船，满舱盛着莼菜，是从太湖里捞来的。取得这样方便，当然能日餐一碗了。

而在这里上海又不然；非上馆子就难以吃到这东西。我们当然不上馆子，偶然有一两回去叨扰朋友的酒席，恰又不是莼菜上市的时候，所以今年竟不曾吃过。直到最近，伯祥的杭州亲戚来了，送他瓶装的西湖莼菜，他送给我一瓶，我才算也尝了新。

向来不恋故乡的我，想到这里，觉得故乡可爱极了。我自己也不明白，为什么会起这么深浓的情绪？再一思索，实在很浅显：因为在故乡有所恋，而所恋又只在故乡有，就萦系着不能割舍了。譬如亲密的家人在那里，知心的朋友在那里，怎得不恋恋？怎得不怀念？但是仅仅为了爱故乡么？不是的，不过在故乡的几个人把我们牵系着罢了。若无所牵系，更何所恋念？像我现在，偶然被藕与莼菜所牵系，所以就怀念起故乡来了。

所恋在哪里，哪里就是我们的故乡了。

1923年9月7日

将　离

跨下电车，便是一阵细且柔的密雨。旋转的风把雨吹着，尽向我身上卷上来。电灯光特别昏暗，火车站的黑影兀立在深灰色的空中。那边一行街树，枝条像头发似的飘散舞动，萧萧作响。我突然想起：难道特地要叫我难堪，故意先期做起秋容来么！便觉得全身陷在凄怆之中，刚才喝下去的一斤酒在胃里也不大安分起来了。

这是我的揣想：天日晴朗的离别胜于风凄雨惨的离别，朝晨午昼的离别胜于傍晚黄昏的离别。虽然一回离别不能二者并试以作比较，虽然这一回的离别还没有来到，我总相信我的揣想是大致不谬的。然而到福州去的轮船照例是十二点光景开的，黄昏的离别是注定的了。像这样入秋渐深，像这样时候吹一阵风洒一阵雨，又安知六天之后的那一夜，不更是风凄雨惨的离别呢？

一点东西也不要动：散乱的书册，零星的原稿纸，积着墨汁的水盂，歪斜地摆着的砚台……一切保持原来的位置。一点变更也不让有：早上六点起身，吃了早饭，写了一些字，准时到办事的地方去，到晚回家，随便谈话，与小孩胡闹……一切都是平淡的生活。全然没有离别的气氛，还有什么东西会迫紧来？好像没有快要到来的这回事了。

记得上年平伯去国，我们一同在一家旅馆里，明知不到一小时，离别的利刃就要把我们分割开来了。于是一启口一举手都觉得有无形的线把我牵着，又似乎把我浑身捆紧；胸口也闷闷的不大好受。我竭力想摆脱，故意做出没有什么的样子，靠在椅背上，举起杯子喝口茶，又东一句西一句地谈着。然而没有用，只觉得十分勉强，只觉得被牵被捆被压得越紧罢了。我于是想：离别的气氛既已凝集，再也别想冲决它，它是非把我们拆开来不可的。

现在我只是不让这气氛凝集，希望免受被牵被捆被压的种种纠缠。我又这么痴想，到离去的一刻，最好恰正在沉酣的睡眠里，既能泯想，自无所想。虽然觉醒之后，已经是大海孤轮中的独客，不免引起深深的惆怅；但是最难堪的一关已经闯过，情形便自不同了。

然而这气氛终于会凝集拢来。走进家里，看见才洗而缝好的被袱，衫裤长袍之类也一叠叠地堆在桌子上。这不用问，是我旅程中的同伴了。“偏要这么多事，事已定了，为什么不早点儿收拾好！”我略微烦躁地想。但是必须带走既属事实，随时预备尤见从容，我何忍说出责备的话呢——实在也不该责备，只该感激。

然而我触着这气氛了，而且嗅着它的味道了，与上年在旅馆里感到的正是同一的种类，不过还没有这样浓密而已。我知道它将更渐渐地浓密，犹如西湖上晚来的烟雾；直到最后，它具有一种强大的力量，便会把我一挤；我于是不自主地离开这里了。

我依然谈话，写字，吃东西，躺在藤椅上；但是都有点儿异样，有点儿不自然。

夜来有梦，梦在车站月台旁。霎时火车已到，我急忙把行李提上去，身子也就登上，火车便疾驰而去了。似乎还有些东西遗留在月台那边，正在检点，就想到遗留的并不是东西，是几个人。很奇怪，我竟不曾向他们说一声“别了”，竟不曾伸出手来给他们；不仅如此，登上火车的时候简直把他们忘了。于是深深地悔恨，怎么能不说一声，握一握手呢！假若说了，握了，究竟是个完满的离别，多少是好。“让我回头去补了吧！让我回头去补了吧！”但是火车不睬我，它喘着气只是向前奔。

这梦里的登程，全忘了月台上的几个人，与我痴心盼望的酣睡时离去，情形正相仿佛。现在梦里的经验告诉我，这只有勾引些悔恨，并不见得比较好些。那么，我又何必作这种痴想呢？然而清醒地说一声握一握的离别，究竟何尝是好受的！

“信要写得勤，要写得详；虽然一班轮船动辄要隔三五天，而厚厚的一叠信笺从封套里抽出来，总是独客的欣悦与安慰。”

“未必能够写得怎样勤怎样详吧。久已不干这勾当了；大的小的粗的细的种种事情箭一般地射到身上来，逐一对付已经够受了，知道还有多少坐定下来执笔的工夫与精神！”

离别的滋味假若是酸的，这里又搀入一些苦辛的味道了。

1923年9月12日

客 语

侥幸万分的竟然是晴明的正午的离别。

“一切都安适了，上岸回去吧，快要到开行的时刻了。”似乎很勇敢地说了出来，其实呢，处此境地，就不得不说这样的话。但也不是全不出于本心。梨与香蕉已经买来给我了，话是没有什么可说了，夫役的扰攘，小舱的郁蒸，又不是什么足以赏心的，默默地挤在一起，徒然把无形的凄心的网织得更密罢了，何如早点儿就别了呢？

不可自解的是却要送到船栏边，而且不止于此，还要走下扶梯送到岸上。自己不是快要起程的旅客么？竟然充起主人来。主人送了客，回头踱进自己的屋子，看见自己的人。

可是现在——现在的回头呢？

并不是懦怯，自然而然看着别的地方，答应“快写信来”那些嘱咐。于是被送的转身举步了。也不觉得什么，只仿佛心里突然一空似的（老实说，摹写不出了）。随后想起应该上船，便跨上扶梯；同时用十个指头梳满头散乱的头发。

倚着船栏，看岸上的人去得不远，而且正回身向这里招手。自己的右手不待命令，也就飞扬跋扈地舞动于头顶之上。忽地觉得这刹那间这个境界很美，颇堪体会。待再望岸上人，却已没有踪迹，大概拐了弯赶电车去了。

没有经验的想象往往是外行的，待到证实，不免自己好笑。起初以为一出吴淞口便是苍茫无际的海天，山头似的波浪打到船上来，散为裂帛与抛珠，所以只是靠着船栏等着。谁知出了口还是似尽又来的沙滩，还是一抹连绵的青山，水依然这么平，船依然这么稳。若说眼界，未必开阔了多少，却觉空虚了好些，若说趣味，也不过与乘内河小汽轮一样。于是失望地回到舱里，爬上上层自己的铺位，只好看书消遣。下层那位先生早已有时而猝发的鼾声了。

实在没有看多少页书，不知怎么也朦胧起来了。只有用这朦胧二字最确切，因为并不是睡着，汽机的声音和船身的微荡，我都能够觉知，但仅仅是觉知，再没有一点思想一毫情绪。这朦胧仿佛剧烈的醉，过了今夜，又是明朝，只是不醒，除了必要坐起来几回，如吃些饼干牛肉香蕉之类，也就任其自然——连续地朦胧着。

这不是摇篮里的生活么？婴儿时的经验固然无从回忆，但是这样只有觉知而没有思想没有情绪，该有点儿相像吧。自然，所谓离思也暂时给假了。

向来不曾亲近江山的，到此却觉得趣味丰富极了。书室的窗外，只隔一片草场，闲闲地流着闽江。彼岸的山绵延重叠，有时露出青翠的新妆，有时披上轻薄的雾帔，有时不知从什么地方来了好些云，却与山通起家来，于是更见得那些山郁郁然有奇观了。窗外这草场差不多是几十头羊与十条牛的领土。看守羊群的人似乎不主张放任主义的，他的部民才吃了一顿，立即用竹竿驱策着，叫它们回去。时时听得仿佛有几个人在那里割草的声音，便想到这十头牛特别自由，还是在场中游散。天天喝的就是它们的奶，又白又浓又香，真是无上的恩惠。

卧室的窗对着山麓，望去有裸露的黑石，有矮矮的松林，有泉水冲过的涧道。间或有一两个人在山顶上樵采，形体藐小极了，看他们在那里运动着，便约略听得微茫的干草瑟瑟的声响。这仿佛是古代的幽人的境界，在什么诗篇什么画幅里边遇见过的。暂时充当古代的幽人，当然有些新鲜的滋味。

月亮还在山的那边，仰望山谷，苍苍的，暗暗的，更见得深郁。一阵风起，总是锐利的一声呼啸一般，接着便是一派松涛。忽然忆起童年的情景来：那一回与同学们远足天平山，就在高义园借宿，稻草衬着褥子，横横竖竖地躺在地上。半夜里醒来了，一点儿光都没有，只听得洪流奔放似的声音，这声音差不多把一切包裹起来了；身体颇觉寒冷，因而把被头裹得更紧些。从此再也不想睡，直到天明，只是细辨那喧而弥静静而弥旨的滋味。三十年来，所谓山居就只有这么一回。而现在又听到这声音了，虽然没有那夜那么宏大，但是往后的风信正多，且将常常更甚地听到呢。只不知童年的那种欣赏的心情能够永永持续否……

这里有秋虫，有很多的秋虫，没有秋虫的地方究竟是该诅咒的例外。躺在床上听听，真是奇妙的合奏，有时很繁碎，有时很凝集，而总觉得恰合刚好，足以娱耳。中间有一种不知名的虫，它们的声音响亮而曼长，像是弦乐，而且引起人家一种想象，仿佛见到一位乐人在那里徐按慢抽地演奏。

松声与虫声渐渐地轻微又轻微，终于消失了……

仓前山差不多一座花园，一条路，一丛花，一所房屋，一个车夫，都有诗意。尤其可爱的是晚阳淡淡的时候，礼拜堂里送出一声钟响，绿阴下走过几个张着花纸伞的女郎。

跟着绍虞夫妇前山后山地走，认识了两相仿佛的荔枝树与龙眼树，也认识了长髯飘飘的生着气根的榕树，眺望了我们所住的那座山，又看了胭脂似的西边的暮云，于是坐在路旁的砖砌的矮栏上休息。渐渐地，四围昏暗了，远处的山只像几笔极淡的墨痕染渍在灰色的纸上。乡间的女人匆匆地归去，走过我们身边，很自然地向我们看一看。那种浑朴的意态，那种奇异的装束（最足注目的是三支很长的银发钗，像三把小剑，两横一竖地把发髻拢住，我想，两个人并肩走时，横插的剑锋会划着旁人的头发），都使我想到古代的人。同时又想，什么现代精神，什么种种的纠纷，都渺茫得像此刻的远山一样，仿佛沉在梦幻里了。

中秋夜没有月，这倒很好，我本来不希望看什么中秋月。与平常没有月亮的晚上一样，关在书室里，就美孚灯光下做了一点功课，就去睡了。

第二天的傍晚，满天是云，江面黯然。西风震动窗棂，“吉格”作响。突然觉得寂寥起来，似乎无论怎样都不好。但是又不能什么都不，总要在这样那样里占其一，这时候我占的是倚窗怅望。然而怅望又有什么意思呢？

绍虞似乎有点儿揣度得出，他走来邀我到江边去散步。

水波被滩石所挡，激触有声。还有广遍而轻轻的风一般的音响平铺在江面上，潮水又退出去了。便随口念旧时的诗句：

潮声应未改，客绪已频更。

七年以前，我送墨林去南通。出得城来，在江滨的客店里歇宿候船，却成了独客。荒凉的江滨晚景已够叫人怅怅，又况是离别开始的一晚，真觉得百无一可了。聊学雅人口占一诗，借以排遣。现在这两句就是这一首诗里的。唉，又是潮声，又是客绪！

所谓客绪，正像冬天的浓云一般，风吹不散，只是越凝集越厚，散步的药又有什么用处。回到屋里，天差不多黑了，我们暂时不点火，就在昏暗中坐下。我说："介泉在北京常说，在暮色苍茫之际，炉火微明，默然小坐，别有滋味。"绍虞接应了一声就不响了。很奇怪，何以我和他的声音都特别寂寞，仿佛在一个广大的永寂的虚空中，仅仅荡漾着这一些声音，音波散了，便又回复它的永寂。

想来介泉所说的滋味，一定带着酸的。他说"别有"，诚然是"别有"，我能够体会他的意思了。

点灯以后，居然送来了切盼而难得的邮件，昨天有一艘轮船到这里了。看了第一封，又把心挤得紧一点。第二封是平伯的，他提起我前几天作的一篇杂记，说："……此等事终于无可奈何，不呻吟固不可，作呻吟又觉陷于怯弱。总之，无一而可，这是实话。……”

似乎觉得这确是怯弱，不要呻吟吧。

但是还是去想，呻吟为了什么？恋恋于故乡么？故乡之足以恋恋的，差不多只有藕与莼菜这些东西了，又何至于呻吟？恋恋于鹁鸽箱似的都市里的寓居么？既非鹁鸽，又何至于因为飞开了而呻吟？老实地说，简括地说，只因一种愿与最爱与同居的人同居的心情，忽然不得满足罢了。除了与最爱与同居的人同居，人间的趣味在哪里？因为不得满足而呻吟，正是至诚的话，有什么怯弱不怯弱？那么，又何必不要呻吟呢？

呻吟的心本来如已着了火的燃料，浓烟郁结，正待发焰。平伯的信恰如一根火柴，就近一引，于是炽盛地燃烧起来了……

1923年10月1日

卖白果

总弄里边不知不觉笼上黄昏的暮色，一列电灯亮起来了。三三两两的男子和妇女站在各弄的口头，似乎很正经的样子，不知在谈些什么。几个孩子，穿鞋没拔上跟，他们互相追赶，鞋底擦着水门汀地，作“替替”的音响。

这时候，一个挑担的慢慢地走进弄来，他向左右观看，顿一顿再向前走两三步。他探认主顾的习惯就是如此；主顾确是必须探认的，不然，挑着担子出来难道是闲要么？走到第四弄的口头，他把担子歇下来了。我们试看看他的担子。后头有一个木桶，盖着盖子，看不见盛的是什么东西。前头却很有趣，装着个小小的炉子，同我们烹茶用的差不多，上面承着一只小镬子；瓣状的火焰从镬子旁边舔出来，烧得不很旺。在这暮色已浓的弄口，便构成个异样的情景。

他开了镬子的盖子，用一爿蚌壳在镬子里拨动，同时不很协调地唱起来了："新鲜热白果，要买就来数。"发音很高，又含有急促的意味。这一唱影响可不小，左弄右弄里的小孩子陆续奔出来了，他们已经神往于镬子里的小颗粒，大人在后面喊着慢点儿跑的声音，对于他们只是微茫的喃喃了。

据平昔的经验，听到叫卖白果的声音时，新凉已经接替了酷暑；扇子虽不至于就此遭到捐弃，总不是十二分时髦的了；因此，这叫卖声里似乎带着一阵凉意。今年入秋转热，回家来什么也不做，还是气闷，还是出汗。正在默默相对，仿佛要叹息着说莫可奈何之际，忽然送来这么带着凉意的一声两声，引起我片刻的幻想的快感，我真要感谢了。

这声音又使我回想到故乡的卖白果的。做这营生的当然不只是一个，但叫卖的声调却大致相似，悠扬而轻清，恰配作新凉的象征；比较这里上海的卖白果的叫卖声有味得多了。他们的唱句差不多成为儿歌，我小时候曾经受教于大人，也摹仿着他们的声调唱：

烫手热白果，
香又香来糯又糯；

一个铜钱买三颗，

三个铜钱买十颗。

要买就来数，

不买就挑过。

这真是粗俗的通常话，可是在静寂的夜间的深巷中，这样不徐不疾，不刚劲也不太柔软地唱出来，简直可以使人息心静虑，沉入享受美感的境界。本来，除开文艺，单从声音方面讲，凡是工人所唱一切的歌，小贩呼唤的一切叫卖声，以及戏台上红面孔白面孔青衫长胡子所唱的戏曲，中间都颇有足以移情的。我们不必辨认他们唱的是些什么话，含着什么意思，单就那调声的抑扬徐疾送渡转折等等去吟味；也不必如考据家内行家那样用心，推究某种俚歌源于什么，某种腔调是从前某老板的新声，特别可贵；只取足以悦我们的耳的，就多听它一会；这样，也就可以获得不少赏美的乐趣。如果歌唱的也就是极好的文艺，那当然更好，原是不待说明的。

这里上海的卖白果的叫卖声所以不及我故乡的，声调不怎么好自然是主因，而里中欠静寂，没有给它衬托，也有关系。弄里的零零碎碎的杂声，里外马路上的汽车声，工厂里的机器声，搅和在一起，就无所谓静寂了。即使是神妙的音乐家，在这境界中演奏他生平的绝艺，也要打个很大的折扣，何况是不足道的卖白果的叫卖声呢。

但是它能引起我片刻的幻想的快感，总是可以感谢而且值得称道的。

1924年8月22日

三种船

一连三年没有回苏州去上坟了。今年秋天有点儿空闲，就去上一趟坟。上坟的意思无非是送一点钱给看坟的坟客，让他们知道某家的坟还没有到可以盗卖的地步罢了。上我家的坟得坐船去。苏州人上坟向来大都坐船，天气好，逃出城圈子，在清气充塞的河面上畅快地呼吸一天半天，确是非常舒服的事。这一趟我去，雇的是一条熟识的船。涂着的漆差不多剥光了，窗框歪斜，平板破裂，一副残废的样子。问起船家，果然，这条船几年没有上岸修理了。今年夏季大旱，船只好胶住在浅浅的河浜里，哪里还有什么生意，又哪里来钱上岸修理。就是往年，除了春季上坟，船也只有停在码头上迎晓风送夕阳的份儿。近年来到各乡各镇去，都有了小轮船，不然，可以坐绍兴人的“当当船”，也不比小轮船慢，而且价钱都很便宜。如果没有上坟这件事，苏州城里的船恐怕只能劈做柴烧了。而上坟的事大概是要衰落下去的，就像我，已经改变为三年上一趟坟了。

苏州城里的船叫做“快船”，与别地的船比起来，实在是并不快的。因为不预备经过什么长江大湖，所以吃水很浅，船底阔而平。除了船头是露天以外，分做头舱、中舱和艄篷三部分。头舱可以搭高，让人站直不至于碰头顶。两旁边各有两把或者三把小巧的靠背交椅，又有小巧的茶几。前檐挂着红绿的明角灯，明角灯又挂着红绿的流苏。踏脚的是广漆的平板，一般是六块。由横的直的木条承着。揭开平板，下面是船家的储藏库。中舱也铺着若干块平板，可是差不多贴着船底，所以从头舱到中舱得跨下一尺多。中舱两旁边是两排小方窗，上面的一排可以吊起来，第二排可以卸去，以便靠着船舷眺望。以前窗子都配上明瓦，或者在拼凑的明瓦中间镶这么一小方玻璃，后来玻璃来得多了，就完全用玻璃。中舱与头舱、艄篷分界处都有六扇书画小屏门，上方下方装在不同的几条槽里，要开要关，只须左右推移。书画大多是金漆的，无非“寒雨连江夜入吴”，“月落乌啼霜满天”以及梅兰竹菊之类，中舱靠后靠右搁着长板，供客憩坐。如果过夜，只要靠后多拼一两条长板，就可以摊被褥。

靠左当窗放一张小方桌，方桌旁边四张小方凳。如果在小方桌上放上圆桌面，十来个人就可以聚餐。靠后靠右的长板以及头舱的平板都是座头，小方凳摆在角落里凑数。末了儿说到艄篷，那是船家整个的天地。艄篷同头舱一样，平板以下还有地位，放着锅灶碗橱以及铺盖衣箱种种东西。揭开一块平板，船家就蹲在那里切肉煮菜。此外是摇橹人站着摇橹的地方。橹左右各一把，每把由两个人服事，一个当橹柄，一个当橹绳。船家如果有小孩，走不来的躺在困桶里，放在翘起的后艄，能够走的就让他在那里爬，拦腰一条绳拴着，系在篷柱上，以防跌到河里去。后艄的一旁露出四条棍子，一顺地斜并着，原来大概是护船的武器，后来转变成装饰品了。全船除着水的部分以外，窗门板柱都用广漆，所以没有其他船上常有的那种难受的桐油气味。广漆的东西容易擦干净，船旁边有的是水，只要船家不懒惰，船就随时可以明亮爽目。

从前，姑奶奶回娘家哩，老太太看望小姐哩，坐轿子嫌吃力，就唤一条快船坐了去。在船里坐得舒服，躺躺也不妨，又可以吃茶，吸水烟，甚至抽大烟。只是城里的河道非常脏，有人家倾弃的垃圾，有染坊里放出来的颜色水，淘米净菜洗衣服涮马桶又都在河旁边干，使河水的颜色和气味变得没有适当的字眼可以形容。有时候还浮着肚皮胀得饱饱的死猫或者死狗的尸体。到了夏天，红里子白里子黄里子的西瓜皮更是洋洋大观。苏州城里河道多，有人就说是东方的威尼斯。威尼斯像这个样子，又何足羡慕呢？这些，在姑奶奶老太太等人是不管的，只要小天地里舒服，以外尽不妨马虎，而且习惯成自然，那就连抬起手来按住鼻子的力气也不用花。城外的河道宽阔清爽得多，到附近的各乡各镇去，或逢春秋好日子游山玩景，以及干那宗法社会里的重要事项——上坟，唤一条快船去当然最为开心。船家做的菜是菜馆比不上的，特称“船菜”。正式的船菜花样繁多，菜以外还有种种点心，一顿吃不完。非正式地做几样也还是精，船家训练有素，出手总不脱船菜的风格。拆穿了说，船菜所以好就在于只准备一席，小镬小锅，做一样是一样，汤水不混和，材料不马虎，自然每样有它的真味，叫人吃完了还觉得馋涎欲滴。倘若船家进了菜馆里的大厨房，大镬炒虾，大锅煮鸡，那也一定会有坍台的时候的。话得说回来，船菜既然好，坐在船里又安舒，可以眺望，可以谈笑，玩它个夜以继日，于是快船常有求过于供的情形。那时候，游手好闲的苏州人还没有识得“不景气”的字眼，脑子里也没有类似“不景气”的想头，快船就充当了适应时机的幸运儿。

除了做船菜，船家还有一种了不得的本领，就是相骂。相骂如果只会防御，不会进攻，那不算希奇。三言两语就完，不会像藤蔓似的纠缠不休，也只能算次等角色。纯是常规的语法，不会应用修辞学上的种种变化，那就即使纠缠不休也没有什么精彩。船家与人家相骂起来，对于这三层都能毫无遗憾，当行出色。船在狭窄的河道里行驶，前面有一条乡下人的柴船或者什么船冒冒失失地摇过来，看去也许会碰撞一下，船家就用相骂的口吻进攻了，“你瞎了眼睛吗？这样横冲直撞是不是去赶死？”诸如此类。对方如果有了反响，那就进展到纠缠不休的阶段，索性把摇橹撑篙的手停住了，反复再四地大骂，总之错失全在对方，所以自己的愤怒是不可遏制的。然而很少骂到动武，他们认为男人盘辫子女人扭胸脯不属于相骂的范围。这当儿，你得欣赏他们的修辞的才能。要举例子，一时可记不起来，但是在听到他们那些话语的时候，你一定会想，从没有想到话语可以这么说的，然而惟有这么说，才可以包含怨恨、刻毒、傲慢、鄙薄种种成分。编辑人生地理教科书的学者只怕没有想到吧，苏州城里的河道养成了船家相骂的本领。

他们的摇船技术是在城里的河道训练成功的，所以长处在于能小心谨慎，船与船擦身而过，彼此绝不碰撞。到了城外去，遇到逆风固然也会拉纤，遇到顺风固然也会张一扇小巧的布篷，可是比起别种船上的驾驶人来，那就不成话了。他们敢于拉纤或者张篷的时候，风一定不很大，如果真个遇到大风，他们就小心谨慎地回复你，今天去不成。譬如我去上坟必须经过石湖，虽然吴瞿安先生曾作诗说石湖“天风浪浪”什么什么以及“群山为我皆低昂”，实在是个并不怎么阔大的湖面，旁边只有一座很小的上方山，每年阴历八月十八，许多女巫都要上山去烧香的。船家一听说要过石湖就抬起头来看天，看有没有起风的意思。到进了石湖的时候，脸色不免紧张起来，说笑都停止了。听得船头略微有汩汩的声音，就轻轻地互相警戒："浪头！浪头！"有一年我家去上坟，风在十点过后大起来，船家不好说回转去，就坚持着不过石湖。这一回难为了我们的腿，来回跑了二十里光景才上成了坟。

现在来说绍兴人的"当当船"。那种船上备着一面小铜锣，开船的时候就当当当当敲起来，算是信号，中途经过市镇，又当当当当敲起来，招呼乘客，因此得了这奇怪的名称。我小时候，苏州地方没有那种船。什么时候开头有的，我也说不上来。直到我到甪直去当教师，才与那种船有了缘。船停泊在城外，据传闻，是与原有的航船有过一番斗争的。航船见它来抢生意，不免设法阻止。但是"当当船"的船夫只知道硬干，你要阻止他们，他们就与你打。大概交过了几回手吧，航船夫知道自己不是那些绍兴人的敌手，也就只好用鄙夷的眼光看他们在水面上来去自由了。中间有没有立案呀登记呀这些手续，我可不清楚，总之那些绍兴人用腕力开辟了航线是事实。我们有一句话，"麻雀豆腐绍兴人"，意思是说有麻雀豆腐的地方也就有绍兴人，绍兴人与麻雀豆腐一样普遍于各地。试把"当当船"与航船比较，就可以证明绍兴人是生存斗争里的好角色，他们与麻雀豆腐一样普遍于各地，自有所以然的原因。这看了后文就知道，且让我把“当当船”的体制叙述一番。

“当当船”属于“乌篷船”的系统，方头，翘尾巴，穹形篷，横里只够两个人并排坐，所以船身特别见得长。船旁涂着绿釉，底部却涂红釉，轻载的时候，一道红色露出水面，与绿色作强烈的对照。篷纯黑色。舵或红或绿，不用，就倒插在船艄，上面歪歪斜斜标明所经乡镇的名称，大多用白色。全船的材料很粗陋，制作也将就，只要河水不至于灌进船里就成，横一条木条，竖一块木板，像破衣服上的补缀一样，那是不在乎的。我们上旁的船，总是从船头走进舱里去。上“当当船”可不然，我们常常踩着船边，从推开的两截穹形篷中间把身子挨进舱里去，这样见得爽快。大家既然不欢喜钻舱门，船夫有人家托运的货品就堆在那里，索性把舱门堵塞了。可是踩船边很要当心。西湖划子的活动不稳定，到过杭州的人一定有数，“当当船”比西湖划子大不了多少，它的活动不稳定也与西湖划子不相上下。你得迎着势，让重心落在踩着船边的那只脚上，然后另一只脚轻轻伸下去，点着舱里铺着的平板。进了舱你就得坐下来。两旁靠船边搁着又狭又薄的长板就是座位，这高出铺着的平板不过一尺光景，所以你坐下来就得耸起你的两个膝盖，如果对面也有人，那就实做“促膝”了。背心可以靠在船篷上，躯干最好不要挺直，挺直了头触着篷顶，你不免要起局促之感。先到的人大多坐在推开的两截穹形篷的空当里，这里虽然是出入要道，时时有偏过身子让人家的麻烦，却是个优越的位置，透气，看得见沿途的景物，又可以轮流把两臂搁在船边，舒散舒散久坐的困倦。然而遇到风雨或者极冷的天气，船篷必须拉拢来，那位置也就无所谓优越，大家一律平等，埋没在含有恶浊气味的阴暗里。

“当当船”的船夫差不多没有四十以上的人，身体都强健，不懂得爱惜力气，一开船就拼命划。五个人分两边站在高高翘起的船艄上，每人管一把橹，一手当橹柄，一手当橹绳。那橹很长，比旁的船上的橹来得轻薄。当推出橹柄去的时候，他们的上身也冲了出去，似乎要跌到河里去的模样。接着把橹柄挽回来，他们的身子就往后顿，仿佛要坐下来似的。五把橹在水里这样强力地划动，船身就飞快地前进了。有时在船头加一把桨，一个人背心向前坐着，把它扳动，那自然又增加了速率。只听得河水活活地向后流去，奏着轻快的调子。船夫一壁划船，一壁随口唱绍兴戏，或者互相说笑，有猥亵的性谈，有绍兴风味的幽默谐语，因此，他们就忘记了疲劳，而旅客也得到了解闷的好资料。他们又喜欢与旁的船竞赛，看见前面有一条什么船，船家摇船似乎很努力，他们中间一个人发出号令说“追过它”，其余几个人立即同意，推呀挽呀分外用力，身子一会儿冲出去，一会儿倒仰过来，好像忽然发了狂。不多时果然把前面的船追过了，他们才哈哈大笑，庆贺自己的胜利，同时回复到原先的速率。由于他们划得快，比较性急的人都欢喜坐他们的船，譬如从苏州到角直是“四九路”（三十六里），同样地划，航船要六个钟头，“当当船”只要四个钟头，早两个钟头上岸，即使不想赶做什么事，身体究竟少受些拘束，何况船价同样是一百四十文，十四个铜板。（这是十五年前的价钱，现在总该增加了。）

风顺，“当当船”当然也张风篷。风篷是破衣服、旧挽联、干面袋等等材料拼凑起来的，形式大多近乎正方。因为船身不大，就见得篷幅特别大，有点儿不相称。篷杆竖在船头舱门的地位，是一根并不怎么粗的竹头，风越大，篷杆越弯，把袋满了风的风篷挑出在船的一边。这当儿，船的前进自然更快，听着哗哗的水声，仿佛坐了摩托船。但是胆子小点儿的人就不免惊慌，因为船的两边不平，低的一边几乎齐水面，波浪大，时时有水花从舱篷的缝里泼进来。如果坐在低的一边，身体被动地向后靠着，谁也会想到船一翻自己就最先落水。坐在高的一边更得费力气，要把两条腿伸直，两只脚踩紧在平板上，才不至于脱离座位，跌扑到对面的人的身上去。有时候风从横里来，他们也张风篷，一会儿篷在左边，一会儿调到右边，让船在河面上尽画曲线。于是船的两边轮流地一高一低，旅客就好比在那里坐幼稚园里的跷跷板，“这生活可难受”，有些人这样暗自叫苦。然而“当当船”很少失事，风势真个不对，那些船夫还有硬干的办法。有一回我到角直去，风很大，饱满的风篷几乎蘸着水面，虽然天气不好，因为船行非常快，旅客都觉得高兴，后来进了吴淞江，那里江面很阔，船沿着“上风头”的一边前进。忽然呼呼地吹来更猛烈的几阵风，风篷着了湿重又离开水面。旅客连“哎哟”都喊不出来，只把两只手紧紧地支撑着舱篷或者坐身的木板。扑通，扑通，三四个船夫跳到水里去了。他们一齐扳住船的高起的一边，待留在船上的船夫把风篷落下来，他们才水淋淋地爬上船艄，湿了的衣服也不脱，拿起橹来就拼命地划。

说到航船，凡是摇船的跟坐船的差不多都有一种哲学，就是“反正总是一个到”主义。反正总是一个到，要紧做什么？到了也没有烧到眉毛上来的事，慢点儿也吭啥。所以，船夫大多衔着一根一尺多长的烟管，闭上眼睛，偶尔想到才吸一口，一管吸完了，慢吞吞捻了烟丝装上去，再吸第二管。正同“当当船”相反，他们中间很少四十以下的人。烟吸畅了，才起来理一理篷索，泡一壶公众的茶。可不要当作就要开船了，他们还得坐下来谈闲天。直到专门给人家送信带东西的“担子”回了船，那才有点儿希望。好在坐船的客人也不要不紧，隔十多分钟二三十分钟来一个两个，下了船重又上岸，买点心哩，吃一开茶哩，又是十分或一刻。有些人买了烧酒豆腐干花生米来，预备一路独酌。有些人并没有买什么，可是带了一张源源不绝的嘴，还没有坐定就乱攀谈，挑选相当的对手。在他们，迟些儿到实在不算一回事，就是不到又何妨。坐惯了轮船火车的人去坐航船，先得做一番养性的功夫，不然，这种阴阳怪气的旅行，至少会有三天的闷闷不乐。

航船比“当当船”大得多，船身开阔，舱作方形，木制，不像“当当船”那样只用芦席。艄篷也宽大，雨落太阳晒，船夫都得到遮掩。头舱、中舱是旅客的区域。头舱要盘膝而坐。中舱横搁着一条条长板，坐在板上，小腿可以垂直。但是中舱有的时候要装货，豆饼菜油之类装满在长板下面，旅客也只得搁起了腿坐了。窗是一块块的板，要开就得卸去，不卸就得关上。通常两旁各开一扇，所以坐在舱里那种气味未免有点儿难受。坐得无聊，如果回转头去看艄篷里那几个老头子摇船，就会觉得自己的无聊才真是无聊。他们一推一挽距离很小，仿佛全然不用力气，两只眼睛茫然望着岸边，这样地过了不知多少年月，把踏脚的板都踏出脚印来了，可是他们似乎没有什么无聊，每天还是走那老路，连一棵草一块石头都熟识了的路。两相比较，坐一趟船慢一点儿闷一点儿又算得什么。坐航船要快，只有巴望顺风。篷杆竖在头舱与中舱之间，一根又粗又长的木头。风篷极大，直拉到杆顶，有许多竹头横撑着，吃了风，巍然地推进，很有点儿气派。风最大的日子，苏州到甪直三点半钟就吹到了。但是旅客究竟是“反正总是一个到”主义者，虽然嘴里嚷着“今天难得”，另一方面却似乎嫌风太大船太快了，跨上岸去，脸上不免带点儿怅然的神色。遇到顶头逆风航船就停班，不像“当当船”那样无论如何总得用人力去拼。客人走到码头上，看见孤零零的一条船停在那里，半个人影儿也没有，知道是停班，就若无其事地回转身。风总有停的日子，那么航船总有开的日子。忙于寄信的我可不能这样安静，每逢校工把发出的信退回来，说今天航船不开，就得担受整天的不舒服。

昆曲

昆曲本是吴方言区域里的产物，现今还有人在那里传习。苏州地方，曲社有好几个。退休的官僚，现任的善堂董事，从课业练习簿的堆里溜出来的学校教员，专等冬季里开栈收租的中年田主少年田主，还有诸如此类的一些人，都是那几个曲社里的社员。北平并不属于吴方言区域，可是听说也有曲社，又有私家聘请了教师学习的，在太太们，能唱几句昆曲算是一种时髦。除了这些“爱美的”唱曲家偶尔登台串演以外，职业的演唱家只有一个班子，这是唯一的班子了，就是上海“大千世界”的“仙霓社”。逢到星期日，没有什么事来逼迫，我也偶尔跑去看他们演唱，消磨一个下午。

演唱昆曲是厅堂里的事。地上铺一方红地毯，就算是剧中的境界；唱的时候，笛子是主要的乐器，声音当然不会怎么响，但是在一个厅堂里，也就各处听得见了。搬上旧式的戏台去，即使在一个并不宽广的戏院子里，就不及平剧那样容易叫全体观众听清。如果搬上新式的舞台去，那简直没法听，大概坐在第五六排的人就只看见演员拂袖按鬓了。我不曾做过考据功夫，不知道什么时候开始有演唱昆曲的戏院子。从一些零星的记载看来，似乎明朝时候只有绅富家里养着私家的戏班子。《桃花扇》里有陈定生一班文人向阮大铖借戏班子，要到鸡鸣埭上去吃酒，看他的《燕子笺》，也可以见得当时的戏不过是几十个人看看罢了。我十几岁的时候，苏州城外有演唱平剧的戏院子两三家，演唱昆曲的戏院子是不常有的，偶尔开设起来，开锣不久，往往因为生意清淡就停闭了。

昆曲彻头彻尾是士大夫阶级的娱乐品，宴饮的当儿，叫养着的戏班子出来演几出，自然是满写意的。而那些戏本子虽然也有幽期密约，盗劫篡夺，但是总要归结到教忠教孝，劝贞劝节，神佛有灵，人力微薄，这就除了供给娱乐以外，对于士大夫阶级也尽了相当的使命。就文词而言，据内行家说，多用词藻故实是不算希奇的，要像元曲那样亦文亦话才是本色。但是，即使像了元曲，又何尝能够句句像口语一样听进耳朵就明白？再说，昆曲的调子有非常迂缓的，一个字延长到十几拍，那就无论如何讲究辨音，讲究发声跟收声，听的人总之难以听清楚那是什么字了。所以，听昆曲先得记熟曲文；自然，能够通晓曲文里的故实跟词藻那就尤其有味。这又岂是士大夫阶级以外的人所能办到的？当初编撰戏本子的人原来不曾为大众设想，他们只就自己的天地里选一些材料，编成悲欢离合的故事，借此娱乐自己，教训同辈，或者发发牢骚。谁如果说昆曲太不顾到大众，谁就是认错了题目。

昆曲的串演，歌舞并重。舞的部分就是身体的各种动作跟姿势，唱到哪个字，眼睛应该看哪里，手应该怎样，脚应该怎样，都由老师傅传授下来，世代遵守着。动作跟姿势大概重在对称，向左方做了这么一个舞态，接下来就向右方也做这么一个舞态，意思是使台下的看客得到同等的观赏。譬如《牡丹亭》里的《游园》一出，杜丽娘小姐跟春香丫头就是一对舞伴，从闺中晓妆起，直到游罢回家止，没有一刻不是带唱带舞的，而且没有一刻不是两人互相对称的。这一点似乎比较平剧跟汉调来得高明。前年看见过一本《国剧身段谱》，详记平剧里各种角色的各种姿势，实在繁复非凡；可是我们去看平剧，就觉得演员很少有动作，如《李陵碑》里的杨老令公，直站在台上尽唱，两手插在袍甲里，偶尔伸出来挥动一下罢了。昆曲虽然注重动作跟姿势，也要演员能够体会才好，如果不知道所以然，只是死守着祖传来表演，那就跟木偶戏差不多。

昆曲跟平剧在本质上没有多大差别，然而后者比较适合于市民，而士大夫阶级已无法挽救他们的没落，昆曲恐将不免于淘汰。这跟麻将代替了围棋，豁拳代替了酒令，是同样的情形。虽然有曲社里的人在那里传习，然而可怜得很，有些人连曲文都解不通，字音都念不准，自以为风雅，实际上却是薛蟠那样的哼哼，活受罪，等到一个时会到来，他们再没有哼哼的余闲，昆曲岂不将就此“绝响”？这也没有什么可惜，昆曲原不过是士大夫阶级的娱乐品罢了。

有人说，还有大学文科里的“曲学”一门在。大学文科分门这样细，有了诗，还有词，有了词，还有曲，有了曲，还有散曲跟剧曲，有了剧曲，还有元曲研究跟传奇研究，我只有钦佩赞叹，别无话说。如果真是研究，把曲这样东西看做文学史里的一宗材料，还它个本来面目，那自然是正当的事。但是人的癖性往往会因为亲近了某种东西，生出特别的爱好心情来，以为天下之道尽在于此。这样，就离开研究二字不止十里八里了。我又听说某一所大学里的“曲学”一门功课，教授先生在教室里简直就教唱昆曲，教台旁边坐着笛师，笛声嘘嘘地吹起来，教授先生跟学生就一同暧暧暧……地唱起来。告诉我的那位先生说这太不成话了，言下颇有点愤慨。我说，那位教授先生大概还没有知道，“仙霓社”的台柱子，有名的巾生顾传玠，因为唱昆曲没前途，从前年起丢掉本行，进某大学当学生去了。

这一回又是望道先生出的题目。真是漫谈，对于昆曲一点儿也没有说出中肯的话。

1931年10月

牵牛花

手种牵牛花，接连有三四年了。水门汀地没法下种，种在十来个瓦盆里。泥是今年又明年反复用着的，无从取得新的泥来加入。曾与铁路轨道旁种地的那个北方人商量，愿出钱向他买一点儿，他不肯。

从城隍庙的花店里买了一包过磷酸骨粉，搀和在每一盆泥里，这算代替了新泥。

瓦盆排列在墙脚，从墙头垂下十条麻线，每两条距离七八寸，让牵牛的藤蔓缠绕上去。这是今年的新计划，往年是把瓦盆摆在三尺光景高的木架子上的。这样，藤蔓很容易爬到了墙头；随后长出来的互相纠缠着，因自身的重量倒垂下来，但末梢的嫩条便又蛇头一般仰起，向上伸，与别组的嫩条纠缠，待不胜重量时重演那老把戏；因此墙头往往堆积着繁密的叶和花，与墙腰的部分不相称。今年从墙脚爬起，沿墙多了三尺光景的路程，或者会好一点儿；而且，这就将有一垛完全是叶和花的墙。

藤蔓从两瓣子叶中间引伸出来以后，不到一个月工夫，爬得最快的几株将要齐墙头了。每一个叶柄处生一个花蕾，像谷粒那么大，便转黄萎去。据几年来的经验，知道起头的一批花蕾是开不出来的；到后来发育更见旺盛，新的叶蔓比近根部的肥大，那时的花蕾才开得成。

今年的叶格外绿，绿得鲜明；又格外厚，仿佛丝绒剪成的。这自然是过磷酸骨粉的功效。他日花开，可以推知将比往年的盛大。

但兴趣并不专在看花，种了这小东西，庭中就成为系人心情的所在，早上才起，工毕回来，不觉总要在那里小立一会儿。那藤蔓缠着麻线卷上去，嫩绿的头看似静止的，并不动弹；实际却无时不回旋向上，在先朝这边，停一歇再看，它便朝那边了。前一晚只是绿豆般大一粒嫩头，早起看时，便已透出二三寸长的新条，缀一两张长满细白绒毛的小叶子，叶柄处是仅能辨认形状的小花蕾，而末梢又有了绿豆般大一粒嫩头。有时认着墙上的斑驳痕迹，明天未必便爬到那里吧；但出乎意料，明晨竟爬到了斑驳痕之上；好努力的一夜工夫！“生之力”不可得见；在这样小立静观的当儿，却默契了“生之力”了。渐渐地，浑忘意想，复何言说，只呆对着这一墙绿叶。

即使没有花，兴趣未尝短少；何况他日花开，将比往年盛大呢。

1931 年

看　月

住在上海“弄堂房子”里的人对于月亮的圆缺隐现是不甚关心的。所谓“天井”，不到一丈见方的面积。至少十六支光的电灯每间里总得挂一盏。环境限定，不容你有关心到月亮的便利。走到路上，还没“断黑”已经一连串地亮了街灯。有月亮吧，就像多了一盏灯。没有月亮吧，犹如一盏街灯损坏了，没有亮起来。谁留意这些呢？

去年夏天，我曾经说过不大听到蝉声，现在说起月亮，我又觉得许久不看见月亮了。只记得某夜夜半醒来，对窗的收音机已经沉寂，隔壁的麻将也歇了手，各家的电灯都已熄灭，一道象牙色的光从南窗透进来，把窗棂印在我的被袱上。我略微感到惊异，随即想到原来是月亮光。好奇地要看看月亮本身，我向窗外望。但是，　会儿月亮被云遮没了。

从北平来的人往往说在上海这地方怎么“呆”得住。一切都这样紧张。空气是这样龌龊。走出去很难得看见树木，诸如此类，他们可以举出一大堆。我想，月亮仿佛失掉了这一点，也该列入他们认为上海“呆”不住的理由吧。假若如此，我倒并不同意。在生活的诸般条件里列入必须看月亮一项，那是没有理由的。清旷的襟怀和高远的想象力未必定须由对月而养成。把仰望的双眼移到地面，同样可以收到修养上的效益，而且更见切实。可是我并非反对看月亮，只是说即使不看也没有什么关系罢了。

最好的月色我也曾看过。那时在福州的乡下，地当闽江一折的那个角上。某夜，靠着楼栏直望。闽江正在上潮，受着月光，成为水银的洪流。江岸诸山略微笼罩着雾气，好像不是平日看惯的那几座山了。月亮高高停在天空，非常舒泰的样子。从江岸直到我的楼下是一大片沙坪，月光照着，茫然一白，但带点儿青的意味。不知什么地方送来晚香玉的香气。也许是月亮的香气吧，我这么想。我心中不起一切杂念，大约历一刻钟之久，才回转身来。看见蛎粉墙上印着我的身影，我于是重又意识到了我。

那样的月色如果能得再看几回，自然是愉悦的事，虽然前面我说过“即使不看也没有什么关系”。

1933年

说　书

因为我是苏州人，望道先生要我谈谈苏州的说书。我从七八岁的时候起，私塾里放了学，常常跟着父亲去“听书”。到十三岁进了学校才间断，这几年间听的“书”真不少。“小书”如《珍珠塔》《描金凤》《三笑》《文武香球》，“大书”如《三国志》《水浒》《英烈》《金台传》，都不止听一遍，最多的听到三遍四遍。但是现在差不多忘记干净了，不要说“书”里的情节，就是几个主要人物的姓名也说不齐全了。

“小书”说的是才子佳人，“大书”说的是历史故事跟江湖好汉，这是大概的区别。“小书”在表白里夹着唱词，唱的时候说书人弹着二弦，如果是双档（两个人登台），另外一个就弹琵琶或者打铜丝琴。“大书”没有唱词，完全是表白。说“大书”的那把黑纸扇比较说“小书”的更为有用，几乎是一切“道具”的代替品，诸葛亮不离手的鹅毛扇，赵子龙手里的长枪，李逵手里的板斧，胡大海手托的千斤石，都是那把黑纸扇。

说“小书”的唱词据说是依“中州韵”的，实际上十之八九是方音，往往“ㄣ”“ㄥ”不分，“真”“庚”同韵。唱的调子有两派：一派叫“马调”，一派叫“俞调”。“马调”质朴，“俞调”婉转。“马调”容易听清楚，“俞调”抑扬太多，唱得不好，把字音变了，就听不明白。“俞调”又比较是女性的，说书的如果是中年以上的人，勉强逼紧了喉咙，发出撕裂似的声音来，真叫人坐立不安，浑身肉麻。

“小书”要说得细腻。《珍珠塔》里的陈翠娥见母亲势利，冷待远道来访的穷表弟方卿，私自把珍珠塔当作干点心送走了他。后来忽听得方卿来了，是个唱“道情”的穷道士打扮，要求见她。她料知其中必有蹊跷，下楼去见他呢还是不见他，踌躇再四，于是下了几级楼梯就回上去，上去了又走下几级来，这样上上下下有好多回，一回有一回的想头。这段情节在名手有好几天可以说。其时听众都异常兴奋，彼此猜测，有的说“今天陈小姐总该下楼梯了”，有的说“我看明天还得回上去呢”。

“大书”比较“小书”尤其着重表演。说书人坐在椅子上，前面是一张半桌，偶然站起来，也不很容易回旋，可是像演员上了戏台一样，交战，打擂台，都要把双方的姿态做给人家看。据内行家的意见，这些动作要做得沉着老到，一丝不乱，才是真功夫。说到这等情节自然很吃力，所以这等情节也就是“大书”的关子。譬如听《水浒》，前十天半个月就传说“明天该是景阳冈打虎了”，但是过了十天半个月，还只说到武松醉醺醺跑上冈子去。

说“大书”的又有一声“咆头”，算是了不得的“力作”。那是非常之长的喊叫，舌头打着滚，声音从阔大转到尖锐，又从尖锐转到奔放，有本领的喊起来，大概占到一两分钟的时间：算是勇夫发威时候的吼声。张飞喝断灞陵桥就是这么一声“咆头”。听众听到了“咆头”，散出书场来还觉得津津有味。

无论“小书”和“大书”，说起来都有“表”跟“白”的分别。“表”是用说书人的口气叙述，“白”是说书人说书中人的话。所以“表”的部分只是说书人自己的声口，而“白”的部分必须起角色，生旦净丑，男女老少，各如书中人的身份。起角色的时候，大概贴旦丑角之类仍用苏白，正角色就得说“中州韵”，那就是“苏州人说官话”了。

说书并不专说书中的事，往往在可以旁生枝节的地方加入许多“穿插”。“穿插”的来源无非《笑林广记》之类，能够自出心裁地编排一两个“穿插”的当然是能手了。关于性的笑话最受听众欢迎，所以这类“穿插”差不多每回可以听到。最后的警句说了出来之后，满场听众个个哈哈大笑，一时合不拢嘴来。

书场设在茶馆里。除了苏州城里，各乡镇的茶馆也有书场。也不止苏州一地，大概整个吴方言区域全是这批说书人的说教地。直到如今还是如此。听众是士绅以及商人，以及小部分的工人农民。从前女人不上茶馆听书，现在可不同了。听书的人在书场里欣赏说书人的艺术，同时得到种种的人生经验：公子小姐的恋爱方式，吴用式的阴谋诡计，君师主义的社会观，因果报应的伦理观，江湖好汉的大块分金、大碗吃肉，超自然力的宰制人间，无法抵抗……也说不尽这许多，总之，那些人生经验是非现代的。

现在，书场又设到无线电播音室里去了。听众不用上茶馆，只要旋转那“开关”，就可以听到叮叮咚咚的弦索声或者海瑞、华太师等人的一声长嗽。非现代的人生经验利用了现代的利器来传播。这真是时代的讽刺。

1934 年

掮枪的生活

我当中学生的时代在清朝末年，那时候厉行军国民教育，所以我受过三年多的军事训练。现在回想起来，旁的也没有什么，只那掮枪的生活倒是颇有兴味的。

我们那时候掮的是后膛枪，上了刺刀，大概有七八斤重。腰间围着皮带。皮带上系着两个长方形的皮匣子，在左右肋骨的部位，那是预备装子弹的。后面的左侧又系着刺刀的壳子。这样装束起来，俨然是个军人了。

我们平时操小队教练、中队教练，又操散兵线，左右两旁的伙伴离得特别开，或者直立预备放，或者跪倒预备放，或者卧倒预备放。当卧倒预备放的时候，胸、腹、四肢密贴着草和泥上，有一种说不出来的快感。待教师喊出“举枪——放!”的口令的时候，右手的食指在发弹机上这么一扳，更是极度兴奋的举动。

有时候我们练习冲锋，斜执着上了刺刀的枪，一拥而前。不但如此，还要冲上五六丈高的土堆；土堆的斜坡很有点儿陡峭，我们不顾，只是脚不点地地往上冲。嘴里还要呐喊：“啊！——啊!”宛然有千军万马的气势。谁第一个冲到土堆的顶上，就高举手里的枪，与教师手里的指挥刀一齐挥动，犹如占领了一座要塞。

有时候我们练习野外侦察，三个四个作一组，各走不同的道路，向田野或树林出发。如果是秋季的晴天，侦察就大有趣味。干草的甘味扑鼻而来；各种昆虫或前或后，飞飞歇歇，好像特地来与我们作伴；清水的池边，断栏的桥上，随处可以坐下来；阳光照在身上，不嫌其热，可是周身感到健康的快感。这当儿，我们差不多忘了教师讲的侦察时候应该注意些什么。我们高兴有这样的机会，从沉闷的教室里逃到空旷的原野里，作一回掮着枪的游散。

一年的乐事，秋季旅行为最。旅行的时候也用军法部勒。一队有队长，一小队有小队长。步伐听军号，归队和散队听军号，吃饭听军号，早起夜眠也听军号。我有几个同级的好友是吹号打鼓的好手，每逢旅行，他们总排在队伍的前头，显耀他们的本领。我从他们那里受到熏染，知道吹号打鼓与其他技艺一样，造诣也颇有深浅的差异；要沉着而又圆转，那才是真功夫。我略能鉴别吹奏的好坏；有几支军号的曲调至今还记得。

旅行不但掮枪束子弹带，还要向军营里借了粮食袋和水瓶来使用。粮食袋挂在左腰间，水瓶挂在右腰间，里头当然装满了内容物。这就颇有点儿累赘了，然而我们都欢喜这样的装束，恨不得在背上再加上背包。其时枪也擦得特别干净，枪管乌乌的，枪柄上不留一点儿污迹，枪管子里面有人家看不见的，可是我们也用心擦，直擦到用一只眼睛窥看的时候，来复线条条闪亮，耀着青光，才肯罢手。

旅行到了目的地，或者从轮船上起岸，或者从火车上下来，我们总是排成四行的队伍，开着正步，昂然前进。校旗由排头笔直地执着，军号军鼓奏着悠扬的调子；步伐匀齐，没有一点儿错乱。人家没有留心看校旗上的字，往往说“哪里来的军队”。听了这个话，我们的精神更见振作，身躯挺得更直，步子也跨得更大。有一年秋季旅行，到达目的地已经是晚上八点过后，天下着大雨，地上到处是水潭。我们依然开正步，保持着队伍的整齐形式。一步一步差不多都落在水潭里，皮鞋里完全灌满了水，衣服也湿透了，紧贴着皮肤。我们都以为这是有趣的佳遇，不感到难受。又有一年秋季，到南京去参观南洋劝业会，正走进会场的正门，忽然来一阵粗大的急雨。我们好像没有这回事，立停，成双行向左转，报数，搭枪架，然后散开，到各个馆里去参观。第二天《会场日报》刊登特别记载：某某中学到来参观，完全是军队的模样，遇到阵雨，队伍绝不散乱，学生个个精神百倍，如是云云。我们都珍重这一则新闻记事，认为这一次旅行的荣誉。

旅行时候的住宿又是一件有味的事。往往借一处地方，在屋子里平铺着稻草，就把带去的被褥摊在上面。睡眠的号声幽幽地吹起来时，大家蚱蜢似的蹿向自己的铺位，解带子，脱衣服，都觉得异样新鲜，似乎从来没有做过的。一会儿熄灯的号声响了，就在一团黑暗里静待入睡。各人知道与许多伙伴在一起，差不多同睡在一张巨大的床上，所以并不感到凄寂。第二天醒来当然特别早，只等起身号的第一个音吹出，大家就站了起来，急急忙忙把自己打扮成个军人了。

从前的掮枪生活，现在回想起来，颇带一些浪漫意味。这在当时主张军国民教育的人说来，自然是失败了。然而我们这批人的青年生活却因此得到了一些润泽。

1934年

天井里的种植

搬到上海来十多年，一直住的弄堂房子。弄堂房子，内地人也许不明白是什么式样。那是各所一律的：前墙通连，隔墙公用；若干所房子成为一排；前后两排间的通路就叫做“弄堂”；若干条弄堂合起来总称什么里什么坊，表示那是某一个房主的房产。每一所房子开门进去是个小天井。天井，也许又有人不明白是什么。天井就是庭院；弄堂房子的庭院可真浅，只须三四步就跨过了，横里等于一所房子的阔，也不过五六步光景，如果从空中望下来，一定会觉得那个“井”字怪适当的。天井跨进去就是正间。正间背后横生着扶梯，通到楼上的正间以及后面的亭子间。因为房子并不宽，横生的扶梯够不到楼上的正间，碰到墙，拐弯向前去，又是四五级，那才是楼板。到亭子间可不用跨这四五级，所以亭子间比楼正间低。亭子间的下层是灶间；上层是晒台，从楼正间另一旁的扶梯走上去。近年来常常在文人笔下出现的亭子间就是这么局促闷损的居室。然而弄堂房子的结构确乎值得佩服；俗语说，“麻雀虽小，五脏俱全”，弄堂房子就合着这样经济的条件。

住弄堂房子，非但栽不成深林丛树，就是几棵花草也没法种，因为天井里完全铺着水门汀。你要看花草只有种在花盆里。盆里的泥往往是反复地种过了几种东西的，一些养料早被用完，又没处去取肥美的泥土来加入；所以长出叶子来开出花朵来大都瘦小可怜。有些人家嫌自己动手麻烦，又正有余多的钱足以对付小小的奢侈的开支，就与花园约定，每个月送两回或者三回盆景来；这样，家里就长年有及时的花草，过了时的自有花匠带回去，真是毫不费事。然而这等人家的趣味大都在于不缺少照例应有的点缀，自己的生活跟花草的生活却并没有多大干系；只要看花匠带回去的，不是干枯了的叶子，就是折断了的枝干，可见我这话没有冤枉了他们。再有些人家从小菜场买一些折枝截茎的花草，拿回来就插在花瓶里，不像日本人那样讲究什么“花道”，插成“乱柴把”或者“喜鹊窠”都不在乎；直到枯萎了，拔起来向垃圾桶一扔，就此完事。这除了“我家也有一点儿花草”以外，实在很少意味。

我们乐于亲近植物，趣味并不完全在看花。一条枝条伸出来，一张叶子展开来，你如果耐着性儿看，随时有新的色泽跟姿态勾引你的欢喜。到了秋天冬天，吹来几阵西风北风，树叶毫不留恋地掉将下来；这似乎最乏味了。然而你留心看时，就会发现枝条上旧时生着叶柄的处所，有很细小的一粒透露出来，那就是来春新枝条的萌芽。春天的到来是可以预计的，所以你对着没有叶子的枝条也不至于感到寂寞，你有来春看新绿的希望。这固然不值一班珍赏家的一笑，在他们，树一定要搜求佳种，花一定要能够入谱，寻常的种类跟谱外的货色就不屑一看；但是，果真能从花草方面得到真实的享受，做一个非珍赏家的“外行”又有什么关系。然而买一点折枝截茎的花草来插在花瓶里，那是无法得到这种享受的；叫花匠每个月送几回盆景来也不行，因为时间太短促，你不能读遍一种植物的生活史；自己动手弄盆栽当然比较好，可是植物入了盆犹如鸟进了笼，无论如何总显得拘束，滞钝，跟原来不一样。推究到底，只有把植物种在泥地里最好。可是哪来泥地呢？弄堂房子的天井里有的是坚硬的水门汀！

把水门汀去掉；我时时这样想，并且告诉别人。关切我的人就提出了驳议。有两说：又不是自己的房产，给点缀花木犯不着，这是一说；谁知道这所房子住多少日子，何必种了花木让别人看，这是又一说。前者着眼在经济，后者只怕徒劳而得不到报酬。这种见识虽然不能叫我信服，可是究属好意；我对他们都致了谢。然而也并没有立刻动手。直到三年前的冬季，才真个把天井里的水门汀的两边凿去，只留当中一道，作为通路。水门汀下面满是砖砾，烦一个工人用了独轮车替我运出去。他就从不很近的田野里载回来泥土，倒在凿开的地方。来回四五趟，泥土与留着的水门汀平了。于是我买一些植物来种下，计蔷薇两棵，紫藤两棵，红梅一棵，芍药根一个。蔷薇跟紫藤都落了叶，但是生着叶柄的处所，萌芽的小粒已经透出来了；红梅满缀着花蕾，有几个已经展开了一两瓣；芍药根生着嫩红的新芽，像一个个笔尖，尤其可爱。我希望它们发育得壮健些，特地从江湾买来一片豆饼，融化了，分配在各棵的根旁边；又听说芍药更需要肥料，先在安根处所的下边埋了一条猪的大肠。

不到两个月，“一·二八”战役起来了。停战以后，我回去捡残余的东西。天井完全给碎砖断板掩没了。只红梅的几条枝条伸出来，还留着几个干枯的花萼；新叶全不见，大概是没命了。当时心里充满着种种的忿恨，一瞥过后，就不再想到花呀草呀的事。后来回想起来，才觉得这回的种植真是多此一举。既没有点缀人家的房产，也没有让别人看到什么，除了那棵红梅总算看见它半开以外，一点儿效果都没有得到，这才是确切的“犯不着”。然而当初提出驳议的人并不曾想到这一层。

去年秋季，我又搬家了。经朋友指点，来看这所房子，才进里门，我就中了意，因为每所房子的天井都留着泥地，再不用你费事，只一条过路涂的水门汀。搬了进来之后，我就打算种点儿东西。一个卖花的由朋友介绍过来了。我说要一棵垂柳，大约齐楼上的栏干那么高。他说有，下礼拜早上送来。到了那礼拜天，一家人似乎有一位客人将要到来，都起得很早。但是，报纸送来了，到小菜场去买菜的回来了，垂柳却没有消息。那卖花的“放生”了吧，不免感到失望。忽然，“树来了！树来了!”在弄堂里赛跑的孩子叫将起来。三个人扛着一棵绿叶蓬蓬的树，在门首停下；不待竖直，就认知这是柳树而并不是垂柳。为什么不送一棵垂柳来呢？种活来得难哩，价钱贵得多哩，他们说出好些理由。不垂又有什么关系，具有生意跟韵致是一样的。就叫他们给我种在门侧；正是齐楼上的栏干那么高。问多少价钱，两块四，我照给了。人家都说太贵，若在乡下，这样一棵柳树值不到两毛钱。我可不这么想。三个人的劳力，从江湾跑了十多里路来到我这里，并且带来一棵绿叶蓬蓬的柳树，还不值这点儿钱吗？就是普通的商品，譬如四毛钱买一双袜子，一块钱买三罐香烟，如果撇开了资本吸收利润这一点来说，付出的代价跟取得的享受总有些抵不过似的，因为每样物品都是最可贵的劳力的化身，而付出的代价怎样来的未必每个人没有问题。

柳树离开了土地一些时，种下去过了三四天，叶子转黄，都软软地倒垂了；但枝条还是绿的。半个月后就是小春天气，接连十几天的暖和，枝条上透出许多嫩芽来；这尤其叫人放心。现在吹过了几阵西风，节令已交小寒，这些嫩芽枯萎了。然而清明时节必将有一树新绿是无疑的。到了夏天，繁密的柳叶正好代替凉棚，遮护这小小的天井：那又合于家庭经济原理了。

柳树以外我又在天井里种了一棵夹竹桃，一棵绿梅，一条紫藤，一丛蔷薇，一个芍药根，以及叫不出名字来的两棵灌木；又有一棵小刺柏，是从前住在这里的人家留下来的。天井小，而我偏贪多；这几种东西长大起来，必然彼此都不舒服。我说笑话，我安排下一个“物竞”的场所，任它们去争取“天择”吧。那棵绿梅花蕾很多，明后天有两三朵开了。

1935年

几种赠品

两个月前，接到厦门寄来一封信。拆开来看，是不相识的广洽和尚写的；附带赠给我一张弘一法师最近的相片。信上说我曾经写过那篇《两法师》，一定乐于得到弘一法师的相片。料知人家欢喜什么，就让人家享有那种欢喜，遥远的阻隔不管，彼此还没相识也不管！这种情谊是非常可感的。我立刻写信回答广洽和尚；说是谢，太浮俗了，我表示了永远感激的意思。

相片是六寸的，并非“艺术照相”，布局也平常，跟身旁放着茶几，茶几上供着花盆茶盅的那些相片差不多。寺院的石墙作为背景，正受阳光，显得很亮；靠左一个石库门，门开着，画面就有了乌黑的长方形。地上铺着石板，平，干净。近墙种一棵树，比石库门高一点儿，平行脉叶很阔大，不知道是什么；根旁用低低的石栏围成四方形，栏内透出些兰草似的东西。一张半桌放在树前面，铺着桌布；陈设的是两叠经典，一个装着画佛的镜框子，还有一个花瓶，瓶里插着菊科的小花。这真所谓一副拍照的架子；依弘一法师的艺术眼光看来，也许会嫌得太呆板了；然而他对不论什么都欢喜满足，人家给他这样布置了请他坐下来的时候，他大概连连地说“好的，好的”吧。他端坐在半桌的左边；披着袈裟，折痕很明显；右手露出在袖外，拈着佛珠；脚上还是穿着行脚僧的那种布缕纽成的鞋。他现在不留胡须了，嘴略微右歪，眼睛细小，两条眉毛距离得很远；比较前几年，他显得老了，可是他的微笑里透露出更多的慈祥。相片上题着十个字：“甲戌九月居晋水兰若造”，是他的亲笔；照相师给印在前方垂下来的桌布上，颇难看。然而，我想，他看见的时候，大概也是连连地说“好的，好的”吧。

收到了照片以后不多几天，弘一法师托人带来两个瓷碟，送给丏尊先生跟我。郑重地封裹着，一张纸里面又是一张纸；纸面写上嘱咐的话，请带来的人不要重压。贴着碟子有个字条子：“泉州土产瓷碟二个，绘画美丽，堪与和兰瓷媲美，以奉丏尊圣陶二居士清赏。一音。”书法极随便，不像他写经语佛号的字幅那样谨严，然而没有一笔败笔，通体秀美可爱。

瓷碟子的直径大约三寸，土质并不怎样好，涂上了釉，白里泛点儿青；跟上海缸甏店里出卖的最便宜的碗碟差不多。中心画着折枝；三簇叶子像竹叶，另外几簇却又像蔷薇；花三朵，都只有阔大的五六瓣，说不来像什么；一只鸟把半朵花掩没了，全身轮廓作半月形，翅膀跟脚都没有画。叶子着的淡绿；花跟鸟头淡朱；鸟身和鸟眼是几乎辨不清的淡黄。从笔姿跟着色看，很像小学生的美术课成绩。和兰瓷是怎样的，我没有见过；只觉得这碟子比那些金边的画着工细的山水人物的可爱。可爱在哪里，贪图省力的回答自然只消说“古拙”二字；要说得精到些，恐怕还有旁的道理呢。

前面说起照片，现在再来记述一张照片。贺昌群先生游罢华山，寄给我一张十二寸的放大片。前几年他在上海，亲手照的相我见过好些，这一张该是他的“得意之作”了。

这一张是直幅，左边峭壁，右边白云，把画面斜分成两半。一条栈道从左下角伸出来，那是在山壁上凿成的仅能通过一个人的窄路；靠右歪斜地立着木栏杆，有几个人扶着木栏杆向上走。路一转往左，就只见深黑的一条裂缝；直到将近左上角，给略微突出的石壁遮没了。后面的石壁有三四处极大的凹陷，都深黑，使人想那些也许是古怪的洞穴。所有的石壁完全赤裸裸的，只后面的石壁的上部挺立着一丛柏树：枝条横生，疏疏落落地点缀着细叶，类似“国画”的笔法。右边半幅白云微微显出浓淡；右上角还有两搭极淡的山顶，这就不嫌寂寞，勾引人悠远的想象。——这里叫做长空栈，是华山有名的险峻处所。

最近接到金叶女士封寄的两颗红豆。附信大意说，家乡寄来一些红豆，同学看见了，一抢而光。这两颗还是偷偷地藏起来的，因为好玩，就寄给我。过一些时，还要变得鲜艳呢。从小读“红豆生南国”的诗，就知道红豆这个名称，可是没有见过实物。现在金叶女士使我长些见识，自然欢喜。

红豆作扁荷包形，跟大豆蚕豆绝不相像。皮朱红色，光泽；每面有不规则形的几搭略微显得淡些。一条洁白的脐生在荷包开口的部分，像小孩的指甲。红豆向来被称为树，而有这生在荚内的果实，大概是紫藤一般的藤本。豆粒很坚硬，听说可以久藏。如果拿来镶戒指，倒是别有意趣的。

这里记述了近来得到的几种赠品。比起名画跟古董来，这些东西尤其可贵，因为这些东西浸渍着深厚的情谊。

1935年

过　节

逢到节令，我们遵照老例祭祖先。苏州人把祭祖先特称为“过节”，别地方人买一些酒菜，大家在节日吃喝一顿，叫做“过节”；苏州人对于这两个字似乎没有这样用法。

过节以前，母亲早已把纸锭折好了。纸锭的原料是锡箔，是绍兴地方的特产。前几年我到绍兴，在一个土山上小立，只听得密集的市屋间传出达达的声音，互相应答，就是在那里打锡箔。

我家过节共有三桌。上海弄堂房子地位狭窄，三桌没法同时祭，只得先来两桌，再来一桌。方桌子仅有一只，只得用小圆桌凑数。本来是三面设座位的，因为椅子不够，就改为只设一面。杯筷碗碟拿不出整齐的全套，就取杂色的来应用。蜡盏弯了头。香炉里香灰都没有，只好把三支香搁在炉口就算。总之，一切都马虎得很。好在母亲并不拘于成规，对于这一切马虎不曾表示过不满。但是我知道，如果就此废止过节，一定会引起她的不快。所以我从没有说起废止过节。

供了香，斟了酒，接着就是拜跪。平时太少运动了，才过四十岁，膝关节已经硬化，跪下去只觉得僵僵的，此外别无所思。在满座的祖先中间，记忆得最真切的是父亲与叔父，因为他们过世最后。但是我不能想象他们与十几位祖先挤坐在两把椅子上举杯喝酒举筷吃菜的情状。又有一个十一岁上过世的妹妹，今年该三十八了，母亲每次给她特设一盘水果，我也不能想象她剥橘皮吐桃核的情状。

从前父亲叔父在日，他们的拜跪就不相同。容貌显得很肃穆，一跪三叩之后，又轻轻叩头至数十回，好像在那里默祷，然后站起来，恭敬地离开拜位。所谓“祭如在”，“临事而敬”，他们是从小就成为习惯了的。新教育的推行与时代的转变把古传的精灵信仰打破，把儒家的报本返始的观念看得并没有什么了不起，于是“如在”即“如”不在起来，“临事”自不能装模作样地虚“敬”，只成为一种毫无意义的例行故事：这原是必然的。

几个孩子有时跟着我拜，有时说不高兴拜，也就让他们去。焚化纸锭却是他们欢喜干的事，在一个搪瓷面盆里慢慢地把纸锭加进去，看它们给火焰吞食，一会儿变成白色的灰烬，仿佛有冬天拨弄炭火盆那种情味。孩子们所知道的过节，第一自然是吃饭时有较好较多的菜；第二，这是家庭里的特种游戏，一年内总得表演几回的。至于祖先会扶老携幼到来，分着左昭右穆坐定，吃喝一顿之后，又带着钱钞回去：这在孩子是没法想象的，好比我不能想象父亲叔父会到来参加这家族的宴飨一样。从这一点想，虽然逢时过节，对于孩子大概不至于有害吧。

1935年

骑　马

我小时候，苏州地方还没有人力车，代步的是轿子和船。一些墙门人家的女眷，即便要去的地方就在本城，出门总要依靠这两种交通工具。男人呢，为了比较体面的庆吊应酬出门大都坐轿子，往城外乡间去上坟访友大都坐船，平时出门，好在至多不过三四条巷，那就走走罢了。

那时候已经通行了脚踏车，可是很少见。骑脚踏车的无非是教会里的外国人，以及到过上海得风气之先的时髦小伙子。偶然看见一个人骑着脚踏车在铺着小石块的路上经过，抖抖抖抖的似乎要把浑身的骨节都震得发酸，在几乎肩贴肩走着的两个人中间，只这么一闪就擦过去了：这使大家感到新奇，不免停下脚步回过头去望那好像只有一片的背影。

与脚踏车一样需要自己驾驭的，还有驴子和马。可是骑驴子和马，意义不纯在代步，把它当作玩意儿的居多。骑了驴子往玄妙观去吧，骑了马往虎丘去吧，并不为玄妙观和虎丘路远走不动，却在于借此题目尝一尝控纵驰骋的快乐。

一般人对于驴子和马，用两样的眼光来看待。驴子，那长耳朵的灰黑色的畜生，饲养它的只是借此为生的驴夫，一匹驴子又不值几个钱，所以大家不把它看作奢侈品。无论是谁，骑骑驴子，还不至于惹人非议。马，那昂然不群的畜生，可不同了，虽然多数的马也由马夫饲养，但是很有几个浮华的少爷名门的败家子也养着马，所以大家都把马看作要不得的奢侈品。谁如果骑着马在路上经过，有些相识的人就不免窃窃私议，某人堕落了，他竟骑起马来了。这种想法，在别的事例上也常常可见。从前我们地方一些规矩人都不爱穿广东的拷绸，因为拷绸是所谓“流氓”之类惯用的衣料。马既是浮华的少爷名门的败家子的玩意儿，规矩的有教养的人当然不应该骑：这好像是很周密的推理。

当时我们一班中学生可没有顾到这一层，一时高兴，竟兴起了骑马的风尚。原由是有一个同学在陆军小学呆过一年，他会骑马，把骑马的趣味说得天花乱坠，大家听得痒痒的，都想亲自试一试。刚好学校近旁有一片兵营里的校场，校场东边是一条宽阔的道路，两旁栽着柳树，正是试马的好所在。马夫养马的草棚又正在校场的西北角，花一角钱，就可以去牵一匹出来，骑它一个钟头。于是你也去试骑，我也去试骑，最盛的时候竟有二十多人同时玩这宗新鲜玩意儿。

现在马背上大都用西式皮鞍子了，从前却用木鞍子。十三四岁的人，站在平地，头顶就高出木鞍子不多，要用两手按着鞍子，左脚踏在踏镫里，让身子顺势一耸跨上马背，这是一连串并不容易的动作。马好像知道骑马的人本领的高低似的，生手跨上去，它就歪着头只是将身子旋转，这又是很难制服的。这当儿，马夫和朋友的帮助自属必要了，拉缰绳的拉缰绳，托身子的托身子，一阵子的乱嚷嚷，生手居然坐上了鞍子。于是把缰绳接在手里，另一只手按着鞍子，再也不敢放松。那畜生如果是比较驯良的，以为一切都已停当，肯规规矩矩走这么几步，初学的人就心花怒放了。

但是这样按着鞍子骑马叫做“请判官头”，是最不漂亮的姿势。多骑了几回，自然想把手放松，不再去“请”那“判官头”。同时拉缰绳的一只手也要学着去测验马的“口劲”，试探马的脾气，准备在放松一点儿或是扣紧一点儿的几微之间操纵胯下的畜生。

通常以为骑马就是让屁股服服帖帖坐在鞍子上。其实不然，得在大腿里侧用劲，把马背夹住，屁股部分却是脱空的。如果不用腿劲，在马“跑开”的时候不免要倒翻下来，两只脚虽然踏在踏镫里，也没有多大用处。这腿劲自然要从锻炼得来。我骑了好几回马，腿劲未见增强多少，可是站到地上，坐到椅子上，只觉得两条腿和腰部都是僵僵的了。

让马走慢步，称为“骑老爷马”，最没有趣味。那是一步一拍的步调，马头一颠一颠的，与婚丧的仪仗中执事人员所骑的马一样。我们都不爱“骑老爷马”，至少得叫它“小走”。“小走”是较为急促的步调，说得过甚些，前后左右四个蹄几乎同时离地，也几乎同时着地。各匹马的脾气不同，有的须把缰绳放松，有的却须扣紧；有的须略一放松随即扣紧，有的却须向上一提，让它的头偏左或是偏右一点儿；只要摸着它的脾气，它就会了意，开始“小走”了。好的马四条腿虽然在急速地运动，身子可绝不转侧，总是很平稳地前进。骑到这样的马是一种愉快，挺着身躯，平稳地急速地向前，耳朵旁边响着飕飕的风，柳树的枝条拂着头顶和肩膀，于是仿佛觉得跑进了古人什么诗句的境界中了。

至于“跑开”，那又是另一种步调：前面两个蹄同时着地，随即后面两个蹄离地移前，同时着地，接着前面两个蹄又同时跨出去了。这里所谓着地实在并不“着”，只能说是非常轻快地在地上“点”一下。在前面两个蹄点地和后面两个蹄点地之间，时间是极其短促的。这当儿，马身一高一低，约略成一条曲线前进。骑马的人一高一低地飞一般地向前，当然爽快不过，有凌云腾空的气概。但是腿劲如果差点儿，这种爽快很难尝试，尝试的时候不免要吃亏。

有一回，我就这样从马上摔了下来。那一天，我跟在那个进过陆军小学的同学的后面，在我背后还有好几匹马。起初是“小走”，忽然前面的那个同学把缰绳一扣，他的马开始“跑开”了。我的马立即也换了步调。我没有提防，大概马跑了两三步，我就往左侧里倒翻下来。后面的几匹马怎么一脚也不曾踩着我，我至今还不明白。当时如果有一个马蹄踩着我的脑壳或是胸膛，我的生命早在中学二年级时候结束了。

我摔了下来就不省人事，醒来的时候，很觉得奇怪，我是通学生，怎么睡在寄宿舍里的一张床上！又好像时间很晚了，已经吃过晚饭。其实还是上午十一点过后，我只昏迷了一点钟多一点儿。想了一会，才把刚才的事想起来。坐起来试试，虽然没有什么痛苦，只觉得浑身软软的，像病后起身的光景。我赶紧跑回家，像平时一样吃午饭，绝不提摔跤的事——在外面骑马，我从来不曾在父母面前提起过。直到前几年，儿子在外面试着骑马，回来谈他的新经验，我才把那回摔跤的事说出来。母亲听了，微皱着眉头说：“你不回来说，我们在家里哪里知道这种危险的事，还是不要去试的好。”她现在为孙儿担心了。

当时我们骑马，现在想起来，在教师该是桩讨厌的事儿。那时候学校比较放任，校长是一个自以为维新的人物，虽然不曾明白提倡骑马，对于其他运动却颇着力鼓励。七八匹马在学校墙边跑过，铃声蹄声闹成一片，他不会绝不知道。他为什么不禁止呢？大概以为这也是一项运动，不妨任学生去练习吧。但是多数教师却受累了。他们有一般人的偏见，以为骑马是不端的行为，眼睁睁地看学生骑着马在旁边跑过，总似乎有失体统。于是有故意低着头走过去，假作不知道马背上是什么人的，也有远远望见学生的马队在前面跑来，立刻回身，或者转向从别一条路走去的。他们一定在怨恨学生，为什么不肯体谅教师，离开学校远一点儿去练习你们的骑术呢！

1937年

记金华的两个岩洞

今年四月十四日，我在浙江金华，游北山的两个岩洞，双龙洞和冰壶洞。洞有三个，最高的一个叫朝真洞，洞中泉流跟冰壶、双龙上下相贯通，我因为足力不济，没有到。

出金华城大约五公里到罗甸。那里的农业社兼种花，种的是茉莉、白兰、珠兰之类，跟我们苏州虎丘一带相类，但是种花的规模不及虎丘大。又种佛手，那是虎丘所没有的。据说佛手要那里的土培植，要双龙泉水灌溉，才长得好，如果移到别处，结成的佛手就像拳头那么一个，没有长长的指头，不成其为“手”了。

过了罗甸就渐渐入山。公路盘曲而上，工人正在填石培土，为巩固路面加工。山上几乎开满映山红，比较盆栽的杜鹃，无论花朵和叶子，都显得特别有精神。油桐也正开花，这儿一丛，那儿一簇，很不少。我起初以为是梨花，后来认叶子，才知道不是。丛山之中有几脉，山上砂土作粉红色，在他处似乎没有见过。粉红色的山，各色的映山红，再加上或深或淡的新绿，眼前一片明艳。

一路迎着溪流。随着山势，溪流时而宽，时而窄，时而缓，时而急，溪声也时时变换调子。入山大约五公里就到双龙洞口，那溪流就是从洞里出来的。

在洞口抬头望，山相当高，突兀森郁，很有气势。洞口像桥洞似的作穹形，很宽。走进去，仿佛到了个大会堂，周围是石壁，头上是高高的石顶，在那里聚集一千或是八百人开个会，一定不觉得拥挤。泉水靠着洞口的右边往外流。这是外洞，因为那边还有个洞口，洞中光线明亮。

在外洞找泉水的来路，原来从靠左边的石壁下方的孔隙流出。虽说是孔隙，可也容得下一只小船进出。怎样小的小船呢？两个人并排仰卧，刚合适，再没法容第三个人，是这样小的小船。船两头都系着绳子，管理处的工友先进内洞，在里边拉绳子，船就进去，在外洞的工友拉另一头的绳子，船就出来。我怀着好奇的心情独个儿仰卧在小船里，遵照人家的嘱咐，自以为从后脑到肩背，到臀部，到脚跟，没一处不贴着船底了，才说一声“行了”，船就慢慢移动。眼前昏暗了，可是还能感觉左右和上方的山石似乎都在朝我挤压过来。我又感觉要是把头稍微抬起一点儿，准会撞破了额角，擦伤了鼻子。大约行了二三丈的水程吧（实在也说不准确），就登陆了，那就到了内洞。要不是工友提着汽油灯，内洞真是一团漆黑，什么都看不见。即使有了汽油灯，还只能照见小小的一搭地方，余外全是昏暗，不知道有多么宽广。工友以导游者的身份，高高举起汽油灯，逐一指点内洞的景物。首先当然是蜿蜒在洞顶的双龙，一条黄龙，一条青龙。我顺着他的指点看，有点儿像。其次是些石钟乳和石笋，这是什么，那是什么，大都依据形状想象成仙家、动物以及宫室、器用，名目有四十多。这是各处岩洞的通例，凡是岩洞都有相类的名目。我不感兴趣，虽然听了，一个也没有记住。

有岩洞的山大多是石灰岩。石灰岩经地下水长时期的浸蚀，形成岩洞。地下水含有碳酸，石灰岩是碳酸钙，碳酸钙遇着水里的碳酸，就成酸性碳酸钙。酸性碳酸钙是溶解于水的，这是岩洞形成和逐渐扩大的缘故。水渐渐干的时候，其中碳酸分解成水和二氧化碳气跑走，剩下的又是固体的碳酸钙。从洞顶下垂，凝成固体的，就是石钟乳，点滴积累，凝结在洞底的，就是石笋，道理是一样的。惟其如此，凝成的形状变化多端，再加上颜色各异，即使不比做什么什么，也就值得观赏。

在洞里走了一转，觉得内洞比外洞大得多，大概有十来进房子那么大。泉水靠着右边缓缓地流，声音轻轻的。上源在深黑的石洞里。

查《徐霞客游记》，霞客在崇祯九年（一六三六年）十月初十日游三洞。郁达夫也到过，查他的游记，是一九三三年十一月十二日。达夫游记说内洞石壁上“唐宋人的题名石刻很多，我所见到的，以庆历四年的刻石为最古。……清人题壁，则自乾隆以后绝对没有了，盖因这里洞，自那时候起，为泥沙淤塞了的缘故”。达夫去的时候，北山才经整理，旧洞新辟。到现在又是二十多年了，最近北山再经整理，公路修起来了，休憩茶饭的所在布置起来了，外洞内洞收拾得干干净净。我去的那一天是星期日，游人很不少，工人、农民、干部、学生都有，外洞内洞闹哄哄的，要上小船得排队等候好一会儿。这种景象，莫说徐霞客，假如达夫还在人世，也一定会说二十年前决想不到。

我排队等候，又仰卧在小船里，出了洞。在外洞前边休息了一会儿，就往冰壶洞。根据刚才的经验，知道洞里潮湿，穿布鞋非但容易湿透，而且把不稳脚。我就买一双草鞋，套在布鞋上。

从双龙洞到冰壶洞有石级。平时没有锻炼，爬了三五十级就气呼呼的，两条腿一步重一步了，两旁的树木山石也无心看了。爬爬歇歇直到冰壶洞口，也没有数一共多少级，大概有三四百级吧。洞口不过小县城的城门那么大，进了洞就得往下走。沿着石壁凿成石级，一边架设木栏杆以防跌下去，跌下去可真不是玩儿的。工友提着汽油灯在前边引导，我留心脚下，踩稳一脚再挪动一脚，觉得往下走也不比向上爬轻松。

忽然听见水声了，再往下没有多少步，声音就非常大，好像整个洞里充满了轰轰的声音，真有逼人的气势，就看见一挂瀑布从石隙吐出来，吐出来的地方石势突出，所以瀑布全部悬空，上狭下宽，高大约十丈。身在一个不知道多么大的岩洞里，凭汽油灯的光平视这飞珠溅玉的形象，耳朵里只听见它的轰轰，脸上手上一阵阵地沾着飞来的细水滴，这是平生从未经历的境界，当时的感受实在难以描述。

再往下走几十级，瀑布就在我们上头，要抬头看了。这时候看见一幅奇景，好像天蒙蒙亮的辰光正下急雨，千万枝银箭直射而下，天边还留着几点残星。这个比拟是工友说给我听的，听了他说的，抬头看瀑布，越看越有意味。这个比拟比较把石钟乳比做狮子和象之类，意境高得多了。

在那个位置上仰望，瀑布正承着洞口射进来的光，所以不须照灯，通体雪亮，所谓残星，其实是白色石钟乳的反光。

这个瀑布不像一般瀑布，底下没有潭，落到洞底就成伏流，是双龙洞泉水的上源。

现在把徐霞客记冰壶洞的文句抄在这里，以供参证。“洞门仰如张吻。先投杖垂炬而下，滚滚不见其底。乃攀隙倚空入其咽喉。忽闻水声轰轰，愈秉炬从之，则洞之中央，一瀑从空下坠，冰花玉屑，从黑暗处耀成洁采。水穴石中，莫稔所去。复秉炬四穷，其深陷逾于朝真，而屈曲少逊。”

1957年10月25日

世相描摹

什么事情的新希望都在于转上新的轨道。困在丛墓中而感到悲哀的人们，就为这一点悲哀，已经有奔向新的轨道的必要了。

生　活

乡镇上有一种“来扇馆”，就是茶馆，客人来了，才把炉子里的火扇旺，炖开了水冲茶，所以得了这个名称。每天上午九十点钟的时候，“来扇馆”却名不副实了，急急忙忙扇炉子还嫌来不及应付，哪里有客来才扇那么清闲？原来这个时候，镇上称为某爷某爷的先生们睡得酣足了，醒了，从床上爬起来，一手扣着衣扣，一手托着水烟袋，就光降到“来扇馆”里。泥土地上点缀着浓黄的痰，露筋的桌子上满缀着油腻和糕饼的细屑；苍蝇时飞时止，忽集忽散，像荒野里的乌鸦；狭条板凳有的断了腿，有的裂了缝；两扇木板窗外射进一些光亮来。某爷某爷坐满了一屋子，他们觉得舒适极了，一口沸烫的茶使他们神清气爽，几管浓辣的水烟使他们精神百倍。于是一切声音开始散布开来：有的讲昨天的赌局，打出了一张什么牌，就赢了两底；有的讲自己的食谱，西瓜鸡汤下面，茶腿丁煮粥，还讲怎么做鸡肉虾仁水饺；有的讲本镇新闻，哪家女儿同某某有私情，哪家老头儿娶了个十五岁的侍妾；有的讲些异闻奇事，说鬼怪之事不可不信，不可全信。有几位不开口的，他们在那里默听，微笑，吐痰，吸烟，支颐，遐想，指头轻敲桌子，默唱三眼一板的雅曲。迷蒙的烟气弥漫一室，一切形一切声都像在云里雾里。午饭时候到了，他们慢慢地踱回家去。吃罢了饭依旧聚集在“来扇馆”里，直到晚上为止，一切和午前一样。岂止和午前一样，和昨天和前月和去年和去年的去年全都一样。他们的生活就是这样了！

城市里有一种茶社，比起“来扇馆”就像大辂之于椎轮了。有五色玻璃的窗，有仿西式的红砖砌的墙柱，有红木的桌子，有藤制的几和椅子，有白铜的水烟袋，有洁白而且洒上花露水的热的公用手巾，有江西产的茶壶茶杯。到这里来的先生们当然是非常大方，非常安闲，宏亮的语音表示上流人的声调，顾盼无禁的姿态表示绅士式的举止。他们的谈话和“来扇馆”里大不相同了。他们称他人不称“某老”就称“某翁”；报上的记载是他们谈话的资料，或表示多识，说明某事的因由，或好为推断，预测某事的转变；一个人偶然谈起了某一件事，这就是无穷的言语之藤的萌芽，由甲而及乙，由乙而及丙，一直蔓延到癸，癸和甲是决不可能牵连在一席谈里的，然而竟牵连在一起了；看破世情的话常常可以在这里听到，他们说什么都没有意思都是假，某人干某事是“有所为而为”，某事的内幕是怎样怎样的；而赞誉某妓女称扬某厨司也占了谈话的一部分。他们或是三三两两同来，或是一个人独来；电灯亮了，坐客倦了，依旧三三两两同去，或是一个人独去。这都不足为奇。可怪的是明天来的还是这许多人；发出宏亮的语音，做出顾盼无禁的姿态还同昨天一样；称“某老”“某翁”，议论报上的记载，引长谈话之藤，说什么都没有意思都是假，赞美食色之欲，也还是重演昨天的老把戏！岂止是昨天的，也就是前月，去年，去年的去年的老把戏。他们的生活就是这样了！

上海的马路上，来来往往的，谁能计算他们的数目。车马的喧闹，屋宇的高大，相形之下，显出人们的浑沌和微小。我们看蚂蚁纷纷往来，总不能相信它们是有思想的。马路上的行人和蚂蚁有什么分别呢？挺立的巡捕，挤满电车的乘客，忽然驰过的乘汽车者，急急忙忙横穿过马路的老人，徐步看玻璃窗内货品的游客，鲜衣自炫的妇女，谁不是一个蚂蚁？我们看蚂蚁个个一样，马路上的过客又哪里有各自的个性？我们倘若审视一会儿，且将不辨谁是巡捕，谁是乘客，谁是老人，谁是游客，谁是妇女，只见无数同样的没有思想的动物散布在一条大道上罢了。游戏场里的游客，谁不露一点笑容？露笑容的就是游客，正如黑而小的身体像蜂的就是蚂蚁。但是笑声里面，我们辨得出哀叹的气息；喜愉的脸庞，我们可以窥见寒噤的颦蹙。何以没有一天马路上会一个动物也没有？何以没有一天游戏场里会找不到一个笑容？他们的生活就是这样了。

我们丢开优裕阶级欺人阶级来看，有许许多多人从红绒绳编着小发辫的孩子时代直到皮色如酱须发如银的暮年，老是耕着一块地皮，眼见地利确是生生不息的，而自己只不过做了一柄锄头或者一张犁耙！雪样明耀的电灯光从高大的建筑里放射出来，机器的声响均匀而单调，许多撑着倦眼的人就在这里做那机器的帮手。那些是生产的利人的事业呀，但是……他们的生活就是这样了！

一切事情用时行的话说总希望它“经济”，用普通的话说起来就是“值得”。倘若有一个人用一把几十位的大算盘，将种种阶级的生活结一个总数出来，大家一定要大跳起来狂呼“不值得”。觉悟到“不值得”的时候就好了。

1921年

晓　行

朝阳还没升高，我经过田野间，四望景物，非常秀丽且静穆。一带村树都作浅黛可爱的颜色，似乎正在浮动。我便忆起初见西湖时的情绪：那时是初夏的朝晨，出了钱塘门，经过了一带石壁，忽然间全湖在目。环湖的浅青的山色含有神秘而不可说的美，我只觉无可奈何，同时也遗忘了一切。这是一种不可描绘的情绪，过后思量，竟是我生享受美感的很满足的一回。现在那些远处的村树仿佛是连绵的青山，而我所得的印象又与初到西湖时相似，然则我不是野行，竟是在湖上荡桨了。我原有点渴忆西湖呢，不料无意间得到了替代的安慰。

田里的麦全已割去。农人将泥土翻转来，更车了河水进来浸润着，预备种稻。已成形而还不曾长足的蛙就得了新的领土。他们狭小的喉咙里发出阔大而烦躁的声音，彼此应和，联成一片。他们大多蹲在高出水面的泥块上，或从此处跳到彼处；头部仰起，留心看去可以看见他们白色的胸部在那里鼓动。当我经过他们近旁的时候，他们顺次停止了鸣声，极轻便地没入水中。不一会，我离他们较远，一片噪音又在我背后喧闹了。

印有人及家畜的足迹的泥路上竟没一棵草。两旁却丛生野草，大部分是禾本科的植物，开着各色的小花——除了昆虫恐怕再没有注意他们的了。细小而晶莹可爱的露珠附着在花和叶上，很有可玩的意趣。远处粪肥的气味微微地送入我的鼻管，充满着农田生活的感觉，使我否认先前的假想：我并不在清游雅玩的西湖上。

我走到一个池旁。岸滩的草和傍岸的树映入池中，倒影比本身绿得更鲜嫩，更可爱。这时候池面还没受日光的照耀，深蓝色的静定的池水满含着沉默。池面的一角浮着萍叶，数叶攒聚处矗起些桂黄色的小花——记得前几天还没有呢。偶然有些小鱼游近水面，才起极轻微的波纹，或者使萍花略微颤动。

靠着池的东南岸是一所破旧的农舍，屋后有一个水埠通到池面。我信足走去，已到了那所屋舍的前面。一扇板门开着，里面只见些破的台凳和高低不平的泥地。门旁两扇板窗都撑起，一个女孩儿站在窗下。屋前一方地和屋的面积一样大，铺着长方的小砖，是他们的曝场。

那女孩儿有略带红色的头发，非常稀疏，仅能编成一条小辫子；面孔很瘦削，呈淡黄色；眼光作茫昧的瞪视。她见了我，只是对我看，仿佛我身上丛集着什么疑讶。

我不曾走过这条路，看前面都种着豆，不见通路，疑是不能通过的了。便问她道：“从这里可以到那条河边么？”这个问询减损了她疑讶的神情的大部分，她点头道：“转过去就是。”我答应了一声，再往前去。她又说：“但是豆叶上全是露水，要沾湿你的衣裳和鞋。”我说“不要紧”，就分开两边的豆茎，顺着很狭的田岸走去。我虽然没听她的话，心里却感激她对于我——她的不相识者——的好意。

走完了种豆的地方便到河岸，我的鞋和衣裳的下半截真湿了。河水和池水一样地深蓝和静定，但因潜隐的流动有几处发出光亮。对岸的田里有几个农人在那里工作，因田地的空旷显出他们的微小。和平而轻淡的阳光照到田面，就像对一切给与无限的生意，一条田岸，一方泥土，和农人手里的一柄锄头，都似乎物质里面含有内在的精神。

我站着望了一会，便沿着河走。在我的前路有两个农人在那里车水：一架手摇水车设在岸滩，他们俩各执一个柄摇动机关，引河水到田里。不多时我已到了他们俩眼前。一个农人非常高大，露出的皮肤全是酱一般的颜色；面部皱纹很多，有巨大的眼睛和鼻子。他约摸四十多岁。又一个是二十出头的年纪，面目很像城市间的读书人；皮肤也不至于深赤；但是他四肢的发达的肌肉可以证明他是久操农作的人。他们俩只顾工作，非但不交一语，并且不看一看共同操作的伴侣。这个情形无论到什么地方都可遇见，锯开一段木头的两个木匠，同一作台的两个裁缝，都是好像没有第二个人在他们旁边似的。旁人看着他们，就要想他们何以耐得这般寂寞。其实旁人不就是他们，究竟寂寞与否怎便能断定呢！

水车引起的水经过一条临时掘成的沟流到田里。那条沟横断我的前路，而且有好些湿泥壅在两旁。我提起了农服，正要跨过那条沟，那个年长的农人笑着对我说："须留心跨，防跌跤。"他说时两手停了工作，那个年轻的也停了，繁喧的水车声便划然而止。

我说："不妨事，我能跨。"身体略一腾跃，已过了小沟。我来这一条未尝走惯的路上觉得一切的景物都新鲜，看农人车水也有趣味，时光又很早，所以就停了脚步。

他们俩见我过了小沟，便继续他们的工作。那年长的看着我问道："先生是在那边学堂里的么？"

"是的。"

"那里的学生不止二三百吧？"

"不错，四百有余。"

“那些学生真开心，我从你们墙外走过，只听见他们笑和闹。大约不会有逃学的了。”

“逃学的确然没有。”停了一会，我问他说，“今年的麦收成想还不差，结实的时候不曾有过大风雨呢。”

“今年很好，五六年没有这样的收成了。”

“现在你这块田预备种稻了？”

“是的，”他指着五十步外一方秧田说，“那里的秧已长得那么高，赶紧要插了。”

我望那方秧田，柔细而嫩绿的秧生得非常整齐，好似一方绿绒。那种绿色是自然的色彩，决不能在画幅中看见，真足以迷醉人的心目。

他接着说：“我们在这田里车足了水，更犁松了泥土，就可以插秧。至迟到后天下午我们必得插秧。”他说时脸上有一种欣悦的神采，更伴着简朴真挚的微笑。

我说：“此后你们要辛苦了，添水拔草等工作你们天天要做，四无遮盖的猛烈的太阳又专和你们为难。你们以为这些是苦楚不是？”

“我们的日子自然不及你们那么舒服，但是也不见得苦楚。你们看我们以为苦楚，其实我们是惯了。我们乡村里的人谁不曾将两腿没在水田里尽浸？谁不曾将身体挺在太阳光中尽晒？我们从小到大都是这样，管什么苦楚不苦楚。”

“你们一定爱你们田里种的东西。”

“那自然，那是我们的性命。我们看他们很顺遂地发达起来，就好比我们的性命更为坚固且长久。前年那些天杀的小虫来吃我们的稻：一块田里的稻都已开花，忽然每棵稻的中段都折了，茎也枯萎了。留心看去，都是那些天杀的在那里作恶！我们没有法想，只对着稻田叹气！”他引起了以往的愤恨，语音便沉重且有停顿——这是乡村中人普通的愤恨的征象。

“你们为什么不捕捉？城里曾经派出许多人员教你们预防和捕捉的法子。”

“预防呢，我们不很相信那叫也叫不清楚的药料。晚上点了灯，盛了油，待他们来投死，确是个靠得住的法子，但是要大家一齐做才行——这怎么办得到呢？独有一两家这么做，自己田里的捉完了，别家田里的吃到没得吃了，就难民一般地搬了来，还是个捉如未捉。”

“前年的灾情真厉害。去年好些吧？”

“好些，”他冷笑着说，“但是总不能灭尽！他们作恶一连十几年，哪一年不和我们为难，至多恶毒得轻些罢了。”

“田主减收你们的田租吧？”

“总算减短些。”他仍旧冷笑。

“减短多少呢？”

“不一定。他们中间很有几家专会用取巧的法子。他们所有的田不一定全受虫灾，但是被灾的多，便统打个九折收租。他们的意思并不是要没受灾害的得些好处，简直是使受灾的更受些灾害！然而他们有他们的说法，‘惟有这样才便于计算；否则怎能一块一块田都看到，确定出应收的成数呢？’又有几家，他们先抛大了米价，却挂出牌子来说田租统打七五折。大家听了这一句，以为他们的租轻松些，便争先缴租给他们。到末了他们的收数独多，还是他们占了便宜。”

“前年你的田租打了几折？”

“我么？”他摇动水车格外用力，借此发泄他的不平，“自然是九折！先生可知道我种的谁家的田？”

“不知道。”

“邵和之，他的家就在你们学校的东面，先生总该知道。”

我便想起常在沿街的茶馆里坐着的那个人。他每天坐在靠墙角的桌旁。瘦削的两颊向里低陷；短视的眼睛从眼镜里放出冷酷的光；额上常有皱纹，因为常在那里思虑；总之，他的面孔全部含着计算的意思。我不曾见他和别的茶客谈话，除了和催甲或差吏计议农人积欠的田租的数目。——我所知于他的只有这些，但总算是知道他的，便答应那农人道：“我知道。”

“你想，我种的田就是他的，自然是九折了！”

“我不很知道他的底细，他收租很厉害么？”

“厉害！”他停了一会，又说，“田主收租谁都厉害，手段硬些软些罢了。邵大爷是惯用硬功的大王。”

“怎见得呢？”

“他算出来的数目就好比石头的山，不能移动一分。任你向他诉说恳求，巴望他减短一点，他的头总不肯点一点。欠了他的租，他就派差吏来叫去，由他说一个日期，约定到那一天必须缴还。他那双眼睛真可怕，望着他怎敢再求，只有答应下来，回来想法子，借债当东西全都做到，只求不再看他那双可怕的眼睛。”

他们俩停了手，挺一挺腰，望着四围舒一舒气，预备休息一会。河面忽然有一个声音，好似谁投了一块砖石。我无意地自语道：“什么？”看河面时，水花慢慢地扩散开来，最大的一圈已碰着对岸而消灭了。

那年轻的农人用艳羡的语气说：“该是一尾好大的鲤鱼。”他说时注视着河面。

“那位邵大爷，”年长的农人向我说，因为水车停了，显出他声音的响亮，“他有一次真是石头一般地定心，叫人万万学不来。他坐了船到东面杨家村里去收租。一家人家同他约了那一天的期，但是竟没法想，一个钱也弄不到。那个男子情急了，看见船摇进村，便发痴一般地避到屋后的茅厕里。差吏进门要人时，只见一个女人，知是避开了，略一搜寻，便从茅厕里把他拖了出来。那男子十分慌张，嘴里却说，‘我已有了钱，今天统可还清。’差吏听说，自然放了手。哪知那男子拔脚飞跑，竟往河里一跳！看见的人齐喊起来，一会儿村人都奔了出来。水里的人已冒了几冒，沉下去了。那时候邵大爷的舟子见将有人命交涉，恐怕被村人打沉了他的船，急急解缆想要逃走。你知那位邵大爷怎样？他跨上船头喝住舟子不许解缆。他的脸上毫没着急的意思，大声对岸上的人说，‘欠租是何等重大的罪名！他便溺死了，还是要向他女人算！’那时村人个个着急，听邵大爷的说法又觉得不错，哪还有劲儿打他的船，只拼命将河里的人救了起来。后来那个男子还是卖掉了留着自己吃的一石米，还清了租，才算了结。”

我听了这一段叙述，心里起一种憎恨的情绪，但并不只为那个姓邵的。因此，我低头望着河水——那时已不是深蓝的颜色，因为太阳升高了，——不答说什么，只发出个“哦”的声音。

“种了这种人的田，客客气气早日还租就是便宜。”他一手撑在水车的木桩上，以很有经验的神情向我这么说。

“像你，种田过活，还过得去吧？”我想和我对面的人或者也曾受过严酷的逼迫，所以急切地问他。

“多谢先生，我还算过得去。单靠这几亩田是不济事的。我另有几亩烂田，一年两熟半，贴补我不少呢。”

“那就舒服了。”我如同身受那么安慰。

水车的机关又转动了，河水汩汩地流入田里。我想我的工作快要开始了，怎能只看着他人工作呢？我对那农人说：“他日再同你谈吧。”便向前走去。

水车的声音里带一个似乎很远的人语声——“改日再会”——在我的背后。

1921年6月11日

深夜的食品

里的总门虽然在九点钟光景关上了，总门上的小门，仅容一个人出入的，却终夜开着。房主以为这是便利住户的办法，随便什么时候要进要出都可以；门口就有看门人睡在那里，所以疏失是不至于有的。这想法也许不错，随时可以进出确实便利；然而里里边却出了好几回疏失，贼骨头带着住户的东西走了。这是否由于小门开着的便利，固然不能确凿断定。

我想有一些人必然感激这小门的开着，是不容怀疑的，那就是挑售食品的小贩们。我中夜醒来（这是难得的事），总听见他们的叫卖声："五香茶叶蛋！""火腿热粽子！""五香豆腐干！""桂花白糖莲心粥！"还有些是广东人呼喊的，用心细辨也辨不清，只听见一连串生疏的声音而已。这时候众喧已息，固然有些骨牌声、笑语声、儿啼声在那里支持残局，表示这里里的人还没有全部入睡，但究竟不比白天的世界了。这些叫卖声大都是沙哑的；在这样的境界里传送过来，颤颤地，寂寂地，更显出这境界的凄凉与空虚。从这些声音又可以想见发声者的形貌，枯瘦的身躯，耸起的鼻子与颧颊，失神的眼睛，全没有血色的皮肤；他们提着篮子或者挑着担子，举起一步似乎提起一块石头，背脊是弯得像弓了。总之，听了这声音就会联想到《黑籍冤魂》里的登场人物。

有卖东西的，总有吃东西的。谁在深夜里还买这些东西吃呢？这可以断然回答，决不是我们。我家向来是早睡的，至迟也不过十一点钟（当然也是早起的）。自从搬到乡下去住了三年，沾染了鄙野的习俗，益发实做其太古之民了。太阳还照在屋顶，我们就吃晚饭；太阳没了，我们就“日入而息”，灯自然要点一点的，然而只有一会儿工夫。近来搬到这文明的地方上海来住，论理总该有点进步，把鄙野的习染洗刷去一部分，但是我们的习染几乎化为本性了；地方虽然文明，与我们的鄙野全不相干，我们还是早吃晚饭早睡觉。有时候朋友来访，我们差不多要睡了，就问他们：“晚饭吃过了吧？”谁知他们回答得很妙：“才吃过晚点，晚饭还差两三个钟头呢。”这使我惭愧了，同时才想起他们是久居上海的，习染自然比我们文明得多。像我们这样的情形，决不会特地耽搁了睡觉，等着头五香茶叶蛋等等东西吃的；更不会一听到叫卖声就从床上爬起来，开门出去买。所以半夜的里里虽然常常颤颤地寂寂地喊着什么什么东西，而我们决非他们的主顾。

那么他们的主顾是谁呢？我想那些神明不衰，通宵打牌的男男女女总该是其中的一部分。他们尚未睡眠，胃的工作并不改弱，到半夜里，已经把吃下去的晚餐消化得差不多了；怎禁得那些又香又甜又鲜美的名称一声声地引诱，自然要一口一口地咽唾沫了。手头赢了一点的呢，譬如少赢了一些，就很慷慨地买来吃个称心如意（黄包车夫在赌场门口候着一个赌客，这赌客正巧是赢了钱的，往往在下车的时候很不经意地给车夫过量的钱，洋钱当作毛钱用；何况五香茶叶蛋等等东西是自己吃下去的，当然格外地慷慨了）。输了的呢，他想借此告一小段落，说不定运气就会转变过来；把肚皮吃得充实些，头脑也会灵敏得多，结果“返本出赢钱”，吃的东西还是别人会的钞。他这么想的时候，就毫不在乎地喊道：“茶叶蛋，来三个！”“莲心粥，来一碗！”

其次，与叫卖者同属黑籍的人们当然也是主顾。叫卖者正吞饱了土（烟土）皮，吃足了什么丸，精神似乎有点回复，才出来干他们的营生；那些一榻横陈，一枪自持的，当然也正是宿倦已消，情味弥佳的当儿，他们彼此做个交易，正是适合恰当，两相配合。抽大烟的人大都喜欢吃烫热的东西，有的欢喜吃甜腻的东西。那些待沽的东西几乎全是烫热的，都搁在一个小炉子上，炉子里红红地烧着炭屑；而卖火腿热粽子的，也带着猪油豆沙粽，白糖枣子粽；这可谓恰投所好了；买来吃下去，烫的感觉，甜的滋味，把深夜拥灯的情味益发提起来了，于是又重重地深深地抽上几管烟。

其他像戏馆里游戏场里散归的游人，做夜间工作的像报馆职员之类，还有文明的习染已深，非到两三点钟不睡的居民，他们虽然不觉得深夜之悠悠，或者为着消消闲，或者为着点点饥，也就喊住过路的小贩买一些东西吃。所以他们也是那些深夜叫卖者的主顾。

我想夜间的劳工们未必是主顾吧。老板伙计一身兼任的鞋匠，扎鞋底往往要到两三点钟；豆腐店里的伙计，黄昏时候就要起身磨豆腐了；拉夜班的黄包车夫，是义务所在，终夜不得睡觉的，他们负着自己和全家的生命的重担，就是加倍努力地做一夜的工作，也未必能挣得到够买一个茶叶蛋一只火腿粽的闲钱来；他们虽然听着那些又香又甜又鲜美的名称而神往，而垂涎，但是哪里敢真个把叫卖者喊住呢！

他们不敢喊住，对于叫卖者却没有什么影响，据同里的人谈起，以及我偶尔醒来的时候听见的，知道茶叶蛋等等是每晚必来的；这足以证明那些东西自会卖完，这一宗营生决不因为我们这样鄙野的人以及劳工们的不去作成它而会见得衰颓的。

1924年8月26日

五月三十一日急雨中

从车上跨下，急雨如恶魔的乱箭，立刻打湿了我的长衫。满腔的愤怒，头颅似乎戴着紧紧的铁箍。我走，我奋疾地走。

路人少极了，店铺里仿佛也很少见人影。哪里去了！哪里去了！怕听昨天那样的排枪声，怕吃昨天那样的急射弹，所以如小鼠如蜗牛般蜷伏在家里，躲藏在柜台底下么？这有什么用！你蜷伏，你躲藏，枪声会来找你的耳朵，子弹会来找你的肉体，你看有什么用？

猛兽似的张着巨眼的汽车冲驰而过，泥水溅污我的衣服，也溅及我的项颈，我满腔的愤怒。

一口气赶到“老闸捕房”门前，我想参拜我们的伙伴的血迹，我想用舌头舔尽所有的血迹，咽入肚里。但是，没有了，一点儿没有了！已经给仇人的水龙头冲得光光，已经给烂了心肠的人们踩得光光，更给恶魔的乱箭似的急雨洗得光光！

不要紧，我想。血曾经淌在这块地方，总有渗入这块土里的吧。那就行了。这块土是血的土，血是我们的伙伴的血，还不够是一课严重的功课么？血灌溉着，血滋润着，将会看到血的花开在这里，血的果结在这里。

我注视这块土，全神地注视着，其余什么都不见了，仿佛自己整个儿躯体已经融化在里头。

抬起眼睛，那边站着两个巡捕：手枪在他们的腰间；泛红的脸上的肉，深深的颊纹刻在嘴的周围，黄色的睫毛下闪着绿光，似乎在那里狞笑。

手枪，是你么？似乎在那里狞笑的，是你么？

“是的，是的，就是我，你便怎样！”——我仿佛看见无量数的手枪在点头，仿佛听见无量数的张开的大口在那里狞笑。

我舔着嘴唇咽下去，把看见的听见的一齐咽下去，如同咽一块粗糙的石头，一块烧红的铁。我满腔的愤怒。

雨越来越急，风把我的身体卷住，全身湿透了，伞全然不中用。我回转身走刚才来的路，路上有人了。三四个，六七个，显然可见是青布大褂的队伍，中间也有穿洋服的，也有穿各色衫子的短发的女子。他们有的张着伞，大部分却直任狂雨乱泼。

他们的脸使我感到惊异。我从来没有见到过这么严肃的脸，有如昆仑之耸峙；我从来没有见到过这么郁怒的脸，有如雷电之将作。青年的清秀的颜色退隐了，换上了北地壮士的苍劲。他们的眼睛将要冒出焚烧一切的火焰，抿紧的嘴唇里藏着咬得死敌人的牙齿……

佩弦的诗道："笑将不复在我们唇上！"用来歌咏这许多张脸正适合。他们不复笑，永远不复笑！他们有的是严肃与郁怒，永远是严肃的郁怒的脸。

青布大褂的队伍纷纷投入各家店铺，我也跟着一队跨进一家，记得是布匹庄。我听见他们开口了，差不多掏出整个的心，涌起满腔的血，真挚地热烈地讲着。他们讲到民族的命运，他们讲到群众的力量，他们讲到反抗的必要；他们不惮郑重叮咛的是"咱们一伙儿！"我感动，我心酸，酸得痛快。

店伙的脸比较地严肃了；他们没有话说，暗暗点头。

我跨出布匹庄。"中国人不会齐心呀！如果齐心，吓，怕什么！"听到这句带有尖刺的话，我回头去看。

是一个三十左右的男子，粗布的短衫露着胸，苍暗的肤色标记他是在露天出卖劳力的。他的眼睛里放射出英雄的光。

不错呀，我想。露胸的朋友，你喊出这样简要精炼的话来，你伟大！你刚强！你是具有解放的优先权者！——我虔诚地向他点头。

但是，恍惚有蓝袍玄褂小髭须的影子在我眼前晃过，玩世的微笑，又仿佛鼻子里轻轻的一声“嗤”。接着又晃过一个袖手的，漂亮的嘴脸，漂亮的衣着，在那里低吟，依稀是“可怜无补费精神！”袖手的幻化了，抖抖地，显出一个瘠瘦的中年人，如鼠的觳觫的眼睛，如兔的颤动的嘴唇，含在喉际，欲吐又不敢吐的是一声“怕……”

我如受奇耻大辱，看见这种种的魔影，我愤怒地张大眼睛。什么魔影都没有了，只见满街恶魔的乱箭似的急雨。

微笑的魔影，漂亮的魔影，惶恐的魔影，我咒诅你们！你们灭绝！你们消亡！永远不存一丝儿痕迹于这块土上！

有淌在路上的血，有严肃的郁怒的脸，有露胸朋友那样的意思，“咱们一伙儿”，有救，一定有救，——岂但有救而已。

我满腔的愤怒。再有露胸朋友那样的话在路上吧？我向前走去。

依然是满街恶魔的乱箭似的急雨。

1925年5月31日

过去随谈

一

在中学校毕业是辛亥那一年。并不曾作升学的想头；理由很简单，因为家里没有供我升学的钱。那时的中学毕业生当然也有“出路问题”；不过像现在的社会评论家杂志编辑者那时还不多，所以没有现在这样闹闹嚷嚷的。偶然的机缘，我就当了初等小学的教员，与二年级的小学生作伴。钻营请托的况味没有尝过；照通常说，这是幸运。在以后的朋友中间有这么一位，因在学校毕了业将与所谓社会面对面，路途太多，何去何从，引起了甚深的怅惘；有一回偶游园林，看见澄清如镜的池塘，忽然心酸起来，强烈地萌生着就此跳下去完事的欲望。这样伤感的青年心情我可没有，小学教员是值得当的，我何妨当当，从实际说，这又是幸运。

小学教员一连当了十年，换过两次学校，在后面的两所学校里，都当高等班的级任；但也兼过半年幼稚班的课——幼稚班者，还够不上初等一年级，而又不像幼稚园儿童那样地被训练的，是学校里一个马马虎虎的班次。职业的兴趣是越到后来越好；因为后来几年中听到一些外来的教育理论和方法，自家也零零星星悟到一点儿，就拿来施行，而同事又是几位熟朋友的缘故。当时对于一般不知振作的同业颇有点儿看不起，以为他们德性上有污点；倘若大家能去掉污点，教育界一定会大放光彩的。

民国十年暑假后开始教中学生。那被邀请的理由有点儿滑稽。我曾经写些短篇小说刊载在杂志上。人家以为能写小说就是善于作文，善于作文当然也能教国文，于是我仿佛是颇为适宜的国文教师了。这情形到现在仍然不变，写过一些小说之类的往往被聘为国文教师，两者之间的距离似乎还不曾有人切实注意过。至于我舍小学而就中学的缘故，那是不言而喻的。

直到今年，曾经在五所中学三所大学当教员，教的都是国文；这一半是兼职，正当是书局编辑，连续七年有余了。大学教员我是不敢当的；我知道自己怎样没有学问，我知道大学教员应该怎样教他的科目，两相比并，我的不敢是真情。人家却说了："现在的大学，名而已！你何必拘拘?"我想这固然不错；但是从"尽其在我"的意义着想，不能因大学不像大学，我就不妨去当不像大学教员的大学教员。所惜守志不严，牵于友情，竟尔破戒。今年在某大学教"历代文选"，劳动节的下一天，接到用红铅笔署名"L"的警告信，大意说我教的那些古旧文篇，徒然助长反动势力，于学者全无益处，请即自动辞职，免讨没趣云云。我看了颇愤愤：若说我没有学问，我承认；说我助长反动势力，我恨反动势力恐怕比这位L先生更真切些呢；倘若认为教古旧文篇就是助长反动势力的实证，不必问对于文篇的态度如何，那么他该叫学校当局变更课程，不该怪到我。后来知道这是学校波澜的一个弧痕，同系的教员都接到L先生的警告信，措辞比给我的信更严重，我才像看到丑角的丑脸那样笑了。从此辞去不教；愿以后谨守所志，"直到永远"。

自知就所有的一些常识以及好嬉肯动的少年心情，当个小学或初中的教员大概还适宜。这自然是不往根柢里想去的说法；如往根柢里想去，教育对于社会的真实意义（不是世俗认为的那些意义）是什么，与教育相关的基本科学内容是怎样，从事教育技术上的训练该有哪些项目，关于这些，我就与大多数教员一样，知道得太少了。

二

作小说的兴趣可以说因中学时代读华盛顿·欧文的《见闻录》引起的。那种诗味的描写，谐趣的风格，似乎不曾在读过的一些中国文学里接触过；因此我想，作文要如此才佳妙呢。开头作小说记得是民国三年；投寄给小说周刊《礼拜六》，登出来了，就继续作了好多篇。到后来，“礼拜六派”是文学界中一个卑污的名称，无异“海派”“黑幕派”等等。我当时的小说多写平凡的人生故事，同后来相仿佛，浅薄诚然有之，如何恶劣却不见得，虽然用的工具是文言，还不免贪懒用一些成语典故。作了一年多就停笔了，直到民国九年才又动手。是颉刚君提示的，他说在北京的朋友将办一种杂志，写一篇小说付去吧。从此每年写成几篇，一直不曾间断，只有今年是例外，眼前是十月将尽了，还不曾写过一篇呢。

预先布局，成后修饰，这一类ABC里所诏示的项目，总算尽可能的力实做的。可是不行；写小说的基本要项在乎有一双透彻观世的眼睛，而我的眼睛够不上；所以人家问我哪一篇最惬心时，我简直不能回答。为要写小说而训练自己的眼睛固可不必；但眼睛的训练实在是生活的补剂，因此我愿意对这方面致力。如果致力而有进益，由进益而能写出些比较可观的文篇，自是我的欢喜。

为什么近来渐渐少写，到今年连一篇也没有写呢？有一个浅近的比喻，想来倒很确切的。一个人新买一具照相机，不离手地对光，扳机，卷干片，一会儿一打干片完了，就装进一打，重又对光，扳机，卷干片。那时候什么对象都是很好的摄影题材；小妹妹靠在窗沿憨笑，这有天真之趣，照它一张；老母亲捧着水烟袋抽吸，这有古朴之致，照它一张；出外游览，遇到高树、流水、农夫、牧童，颇浓的感兴立刻涌起，当然不肯放过，也就逐一照它一张，洗出来时果能成一张像样的照相与否似乎不关紧要，最热心的是"搭"地一扳；面前是一个对象，对着它"搭"地扳了，这就很满足了。但是，到后来却有相度了一番终于收起镜箱来的时候。爱惜干片么？也可以说是，然而不是。只因希求于照相的条件比以前多了，意味要深长，构图要适宜，明暗要美妙，还有其他等等，相度下来如果不能应合这些条件，宁可收起镜箱了事；这时候，徒然一扳被视为无意义了。我从前多写只是热心于一扳，现在却到了动辄收起镜箱的境界，是自然的历程。

三

《中学生》主干曾嘱我说些自己修习的经历，如如何读书之类。我很惭愧，自计到今为止，没有像模像样读过书，只因机缘与嗜好，随时取一些书来看罢了。读书既没有系统，自家又并无分析和综合的识力，不能从书的方面多得到什么是显然的。外国文字呢？日文曾经读过葛祖兰氏的《自修读本》两册，但是像劣等学生一样，现在都还给老师了。至于英文，中学时代读得不算浅，读本是文学名著，文法读到纳司非尔的第四册呢；然而结果是半通不通，到今看电影字幕还不能完全明白。（我觉得读英文而结果如此的实在太多了。多少的精神和时间，终于不能完全看明白电影字幕！正在教英文读英文的可以反省一下了。）不去彻底修习，达到全通真通，当然是自家的不是；可是学校对于学生修习各项科目都应定一个毕业的最低限度，一味胡教而不问学生果否达到了最低限度，这不能不怪到学校了。外国文字这一工具既然不能使用，要接触些外国的东西只好看看译品，这就与专待喂养的婴孩同样可怜，人家不翻译，你就没法想。说到译品，等类颇多。有些是译者实力不充而硬欲翻译的，弄来满盘都错，使人怀疑外国人的思想话语为什么会这样奇怪不依规矩。有些据说为欲忠实，不肯稍事变更原文语法上的结构，就成为中国文字写的外国文。这类译品若请专读线装书的先生们去看，一定回答“字是个个识得的，但是不懂得这些字凑合在一起说些什么”。我总算能够硬看下去，而且大致有点儿懂，这不能不归功于读过两种读如未读的外国义。最近看到东华君译的《文学之社会学的批评》，清楚流畅，义无隐晦，以为译品像这个样子，庶几便于读者。声明一句，我不是说这本书就是翻译的模范作；我没有这样狂妄，会自认有评判译品高下的能力。

说起读书，十年来颇看到一些人，开口闭口总是读书，“我只想好好儿念一些书”，“某地方一个图书馆都没有，我简直过不下去”，“什么事都不管，只要有书读，我就满足了”，这一类话时时送到我的耳边；我起初肃然起敬，既而却未免生厌。那种为读书而读书的虚矫，那种认别的什么都不屑一做的傲慢，简直自封为人间的特殊阶级，同时给与旁人一种压迫，仿佛唯有他们是人间的智慧的笃爱者。读书只是至为平常的事而已，犹如吃饭睡觉，何必作为一种口号，惟恐不遑地到处宣传。况且所以要读书，从哲学以至于动植矿，就广义说，无非要改进人间的生活。光是“读”决非终极的目的。而那些“读书”“读书”的先生们似乎以为光是“读”最了不起，生活云云不在范围以内；这也引起我的反感。我颇想标榜“读书非究竟义谛主义”——当然只是想想罢了，宣言之类并未写过。或者有懂得心理分析的人能够说明我之所以有这种反感，由于自家的头脑太俭了，对于书太疏阔了，因此引起了嫉妒，而怎样怎样的理由是非意识地文饰那嫉妒的丑脸的。如果被判定如此，我也不想辩解，总之我确然曾有这样的反感。至于那些将读书作口号的先生们是否真个读书，我不得而知；可是有一层，从其中若干人的现况上看，我的直觉的批评成为客观的真实了。他们果然相信自己是人间智慧的宝库，无所不知，无所不能，得便时抛开了为读书而读书的招牌，就不妨包办一切；他们俨然承认自己是人间的特殊阶级，虽在极微细的一谈笑之顷，总要表示外国人提出来的“高等华人”的态度。读书的口号，包办一切，“高等华人”，这其间仿佛有互相纠缠的关系似的。

四

我与妻结婚是由人家作媒的，结婚以前没有会过面，也不曾通过信。结婚以后两情颇投合，那时大家当教员，分散在两地，一来一往的信在半途中碰头，写信等信成为盘踞心窝的两件大事。到现在十四年了，依然很爱好。对方怎样的好是彼此都说不出的，只觉很合适，更合适的情形不能想象，如是而已。

这样打彩票式的结婚当然很危险的，我与妻能够爱好也只是偶然；迷信一点儿说，全凭西湖白云庵那位月下老人。但是我得到一种便宜，不曾为求偶而眠思梦想，神魂颠倒；不曾沉溺于恋爱里头，备尝甜酸苦辣各种滋味。图得这种便宜而去冒打彩票式的结婚的险，值得不值得固难断言；至少，青年期的许多心力和时间是挪移了过来，可以去对付别的事了。

现在一般人不愿冒打彩票式的结婚的险是显然的，先恋爱后结婚成为普遍的信念。我不菲薄这种信念，它的流行也有所谓“必然”。我只想说那些恋爱至上主义者，他们得意时谈心，写信，作诗，看电影，游名胜；失意时伤心，流泪，作诗（充满了惊叹号），说人间最不幸的只有他们，甚至想投黄浦江；像这样把整个生命交给恋爱，未免可议。这种恋爱只配资本家的公子“名门”的小姐去玩的。他们享用的是他们的父亲祖先剥削得来的钱，他们在社会上的地位在未入母腹时早就安排停当，他们看世界非常太平，没有一点儿问题；闲暇到这样地步却也有点儿难受，他们于是就恋爱这个题目，弄出一些悲欢哀乐来，总算在他们空白的生活录上写下了几行。如果不是闲暇到这样的青年男女也想学步，那惟有障碍自己的进路，减损自己的力量而已。

人类不灭，恋爱也永存。但是恋爱各式各样。像公子小姐们玩的恋爱，让它“没落”吧！

1930年10月29日

做了父亲

假若至今还没有儿女，是不是要与有些人一样，感到是人生的缺憾，心头总有这么一个失望牵萦着呢？

我与妻都说不至于吧。一些人没有儿女感到缺憾，因为他们认为儿女是他们份所应得的，应得而不得，当然要失望。也许有人说没有儿女就是没有给社会尽力，对于种族的绵延没有尽责任，那是颇为冠冕堂皇的话，是随后找来给自己解释的理由，查问到根柢，还是个得不到应得的不满足之感而已。我们以为人生的权利固有多端，而儿女似乎不在多端之内，所以说不至于。

但是儿女早已出生了，这个设想无从证实。在有了儿女的今日，设想没有儿女，自然觉得可以不感缺憾；倘若今日真个还没有儿女，也许会感到非常寂寞，非常惆怅吧。这是说不定的。

教育是专家的事业，这句话近来几乎成了口号，但是这意义仿佛向来被承认的。然而一为父母就得兼充专家也是事实。非专家的专家担起教育的责任来，大概走两条路：一是尽许多不必要的心，结果是“非徒无益，而又害之”；一是给了个“无所有”，本应在儿女的生活中给充实些什么，可是并没有把该给充实的付与儿女。

自家反省，非意识地走的是后一条路。虽然也像一般父亲一样，被一家人用作镇压孩子的偶像，在没法对付时，就“爹爹，你看某某！”这样喊出来；有时被引动了感情，骂一顿甚至打一顿的事也有；但是收场往往像两个孩子争闹似的，说着“你不那样，我也就不这样”的话，其意若曰彼此再别说这些，重复和好了吧。这中间积极的教训之类是没有的。

不自命为“名父”的，大多走与我同样的路。

自家就没有什么把握，一切都在学习试验之中，怎么能给后一代人预先把立身处世的道理规定好了教给他们呢？

学校，我想也不是与儿女有什么了不起的关系的。学习一些符号，懂得一些常识，结交若干朋友，度过若干岁月，如是而已。

以前曾经担过忧虑，因为自家是小学教员出身，知道小学的情形比较清楚，以为像个模样的小学太少了，儿女达到入学年龄的时候将无处可送。现在儿女三个都进了学校，学校也不见特别好，但是我毫不存勉强迁就的意思。

一定要有理想的小学才把儿女送去，这无异看儿女作特别珍贵特别柔弱的花草，所以要保藏在装着暖气管的玻璃花房里。特别珍贵么，除了有些国家的华胄贵族，谁也不肯对儿女作这样的夸大口吻。特别柔弱么，那又是心所不甘，要抵挡得风雨，经历得霜雪，这才可喜。——我现在作这样想，自笑以前的忧虑殊属无谓。

何况世间为生活所限制，连小学都不得进的多得很，他们一样要挺直身躯立定脚跟做人。学校好坏于人究竟有何等程度的关系呢？——这样想时，以前的忧虑尤见得我的浅陋了。

我这方面既然给了个“无所有”，学校方面又没有什么了不起的关系，这就拦到了角落里，儿女的生长只有在环境的限制之内，凭他们自己的心思能力去应付一切。这里所谓环境，包括他们所有遭值的事和人物，一饮一啄，一猫一狗，父母教师，街市田野，都在里头。

做父亲的真欲帮助儿女仅有一途，就是诱导他们，让他们锻炼这种心思能力。若去请教专门的教育者，当然，他将说出许多微妙的理论，但是要义大致也不外乎此。

可是，怎样诱导呢？我就茫然了。虽然知道应该往哪一方向走，但是没有往前走的实力，只得站在这里，搓着空空的一双手，与不曾知道方向的并无两样。我很明白，对儿女最抱歉的就是这一点，将来送不送他们进大学倒没有多大关系。因为适宜的诱导是在他们生命的机械里加添燃料，而送进大学仅是给他们文凭、地位，以便剥削他人而已。（有人说起振兴大学教育可以救国，不知如何，我总不甚相信，却往往想到这样不体面的结论上去。）

他们应付环境不得其当甚至应付不了的时候，一定会怅然自失，心里想，如果父亲早给点儿帮助，或者不至于这样无所措吧。这种归咎，我不想躲避，也没法躲避。

对于儿女也有我的希望。

一句话而已，希望他们胜似我。

所谓人间所谓社会虽然很广漠，总直觉地希望它有进步。而人是构成人间社会的。如果后代无异前代，那就是站在老地方没有前进，徒然送去了一代的时光，已属不妙。或者更甚一点，竟然“一代不如一代”，试问人间社会经得起几回这样的七折八扣呢！凭这么想，我希望儿女必须胜似我。

爬上西湖葛岭那样的山就会气喘，提十斤左右重的东西走一两里路胳膊就会酸好几天，我这种身体是完全不行的。我希望他们有强壮的身体。

人家问一句话一时会答不上来，事务当前会十分茫然，不知怎样处置或判断，我这种心灵是完全不行的。我希望他们有明澈的心灵。

说到职业，现在干的是笔墨的事，要说那干系之大，当然可以戴上文化或教育的高帽子，于是仿佛觉得并非无聊，但是能够像工人农人一样，拿出一件供人家切实应用的东西来么？没有！自家却使用了人家生产的切实应用的东西，岂非也成了可羞的剥削阶级？文化或教育的高帽子只能掩饰丑脸，聊自解嘲而已，别无意义。这样想时，更菲薄自己，达于极点。我希望他们与我不一样：至少要能够站在人前宣告道，“凭我们的劳力，产生了切实应用的东西，这里就是！”其时手里拿的是布匹米麦之类；即使他们中间有一个成为玄学家，也希望他同时铸成一些齿轮或螺丝钉。

1930年11月

书　桌

十多年前寄居乡下的时候，曾经托一个老木匠做一张书桌。我并不认识这个老木匠，向当地人打听，大家一致推荐他，我就找他。

对于木材，我没有成见，式样也随便，我只要有一张可以靠着写写字的桌子罢了。他代我作主张，用梧桐，因为他那里有一段梧桐，已经藏了好几年，干了。他又代我规定桌子的式样。两旁边的抽屉要多少高，要不然装不下比较累赘的东西。右边只须做一只抽屉，抽屉下面该是一个柜子，安置些重要的东西，既见得稳当，取携又方便。左右两边里侧的板距离要宽些，要不然，两个膝盖时时触着两边的板，就感觉局促，不舒服。我样样依从了他，当时言明工料价六块钱。

过了一个星期，过了半个月，过了二十多天，不见他把新书桌送来。我再不能等待了，特地跑去问他。他指着靠在阴暗的屋角里的一排木板，说这些就是我那新书桌的材料。我不免疑怪，二十多天工夫，只把一段木头解了开来！

他看出我的疑怪，就用教师般的神情给我开导。说整段木头虽然干了，解了开来，里面还未免有点儿潮。如果马上拿来做家伙，不久就会出毛病，或是裂一道缝，或是接榫处松了。人家说起来，这是某某做的“生活”，这么脆弱不经用。他向来不做这种“生活”，也向来没有受过这种指摘。现在这些木板，要等它干透了，才好动手做书桌。

他恐怕我不相信，又举出当地的一些人家来，某家新造花厅，添置桌椅，某家小姐出阁准备嫁妆，木料解了开来，都搁在那里等待半年八个月再上手呢。“先生，你要是有工夫，不妨到他们家里去看看，我做的家伙是不容它出毛病的。”他说到“我做的家伙”，黄浊的眼睛放射出夸耀的光芒，宛如文人朗诵他的得意作品时候的模样。

我知道催他快做是无效的，好在我并不着急，也就没说什么催促的话。又过了一个月，我走过他门前，顺便进去看看。一张新书桌站在墙边了，近乎乳白色的板面显出几条年轮的痕迹。老木匠正弯着腰，几个手指头抵着一张“沙皮”，在磨擦那安抽屉的长方孔的边缘。

我说再过一个星期，大概可以交货了吧。他望望屋外的天，又看看屋内高低不平的泥地，摇头说：“不行。这样干燥的天气，怎么能上漆呢？要待转了东南风，天气潮湿了，上漆才容易干，才可以透入木头的骨子里去，不会脱落。”

此后下了五六天的雨。乡下的屋子，室内铺着方砖，每一块都渗出水来，像劳工背上淌着汗。无论什么东西，手触上去总觉得黏黏的。穿在身上的衣服也散发出霉蒸气。我想，我的新书桌该在上漆了吧。

又过了十多天，老木匠带同他的徒弟把新书桌抬来了。栗壳色，油油的发着光亮，一些陈旧的家具有它一比更见得黯淡失色了。老木匠问明了我，就跟徒弟把书桌安放在我指定的地位，只恐徒弟不当心，让桌子跟什么东西碰撞，因而擦掉一点儿漆或是划上一道纹路，他连声发出“小心呀”“小心呀”的警告。直到安放停当了，他才松爽地透透气，站远一点儿，用一只手摸着长着灰色短须的下巴，悠然地鉴赏他的新作品。我交给他六块钱，他随便看了一眼就握在手心里，眼光重又回到他的新作品。最后说：“先生，你用用看，用了些时，你自然会相信我做的家伙是可以传子孙的。”他说到“我做的家伙”，夸耀的光芒又从他那黄浊的眼睛放射出来了。

以后十年间，这张书桌一直跟着我迁徙。搬运夫粗疏的动作使书桌添上不少纹路。但是身子依旧很结实，接榫处没有一点儿动摇。直到“一·二八”战役，才给毁坏了。大概是日本军人刺刀的功绩。以为锁着的柜子里藏着什么不利于他们的东西，前面一刀，右侧一刀，把两块板都划破了。左边只有三只抽屉，都没有锁，原可以抽出来看看的，大概因为军情紧急吧，没有一只一只抽出来看的余裕，就把左侧的板也划破了，而且拆了下来，丢在一旁。

事后我去收拾残余的东西。看看这张相守十年的书桌，虽然像被残害的尸体一样，肚肠心肺都露出来了，可是还舍不得就此丢掉。于是请一个木匠来，托他修理。木匠说不用抬回去，下一天带了材料和家伙来修理就是了。

第二天下午，我放工回家，木匠已经来过，书桌已经修理好了。真是看了不由得生气的修理！三块木板刨也没刨平。边缘并不嵌入木框的槽里，只用几个一寸钉把木板钉在木框的外面。涂的是窑煤似的黑漆，深一搭，淡一搭，仿佛还没有刷完工的黑墙头。工料价已经领去，大洋一块半。

我开始厌恶这张书桌了。想起制造这张书桌的老木匠，他那种一丝不苟的态度，简直使缺少耐性的人受不住，然而他做成的家伙却是无可批评的。同样是木匠，现在这一个跟老木匠比起来，相差太远了。我托他修理，他就仅仅按照题目做文章，还我一个修理。木板破了，他给我钉上不破的。原来涂漆的，他也给我涂上些漆。这不是修理了吗？然而这张书桌不成一件家伙了。

同样的事在上海时时会碰到。从北京路那些木器店里买家具，往往在送到家里的时候就擦去了几处漆，划上了几条纹路。送货人有他的哲学。你买一张桌子，四把椅子，总之给你送一张桌子，四把椅子，决不短少一件。擦去一点儿漆，划上几条纹路，算得什么呢！这种家具使用不久，又往往榫头脱出了，抽屉关不上了，叫你看着不舒服。你如果去向店家说话，店家又有他的哲学给你作答。这些家具在出门的时候都是好好的，总之我们没有把破烂的东西卖给你。至于出门以后的事，谁管得了！这可以叫做“出门不认货”主义。

又譬如冬季到了，你请一个洋铁匠来给你装火炉。火炉不能没有通气管子，通气管子不能没有支持的东西，他就横一根竖一根地引出铅丝去，钉在他认为着力的地方。达，达，达，一个钉子钉在窗框下。达，达，达，一个钉子钉在天花板上。达，达，达，一个钉子钉在墙壁上。可巧碰着了砖头，钉不进去，就换个地方再钉。然而一片粉刷已经掉了下来，墙壁上有了伤疤了。也许钉了几回都不成功，他就凿去砖头，嵌进去一块木头。这一回当然钉牢了，然而墙壁上的伤疤更难看了。等到他完工，你抬起头来看，横七竖八的铅丝好似被摧残的蜘蛛网，曲曲弯弯伸出去的洋铁管好似一条呆笨的大蛇，墙壁上散布着伤疤，好像谁在屋子里乱放过一阵手枪。即使火炉的温暖能给你十二分舒适，看着这些，那舒适不免要打折扣了。但是你不能怪洋铁匠，他所做的并没有违反他的哲学。你不是托他装火炉吗？他依你的话把火炉装好了，还有什么好说呢？

倘若说乡下那个老木匠有道德，所以对于工作不肯马虎，上海的工匠没有道德，所以只图拆烂污，出门不认货，不肯为使用器物的人着想，这未免是拘墟之见。我想那个老木匠，当他幼年当徒弟的时候，大概已经从师父那里受到熏陶，养成了那种一丝不苟的态度了吧。而师父的师父也是这么一丝不苟的，从他的徒孙可以看到他的一点儿影象。他们所以这样，为的是当地只有这么些人家做他们永远的主顾，这些人家都是相信每一件家伙预备传子孙的，自然不能够潦潦草草对付过去。乡下地方又很少受时间的催迫。女儿还没订婚，嫁妆里的木器却已经在置办了。定做了一件家具，今天拿来使用跟下一个月拿来使用，似乎没有什么分别，甚至延到明年拿来使用也不见得怎样不方便。这又使他们尽可以耐着性儿等待木料的干燥和天气的潮湿。更因主顾有限，手头的工作从来不会拥挤到忙不过来，他们这样从从容容，细磨细琢，一半自然是做“生活”，一半也就是消闲寄兴的玩意儿。在这样情形之下做成的东西，固然无非靠此换饭吃，但是同时是自己精心结撰的制作，不能不对它发生珍惜爱护的心情。总而言之，是乡下的一切生活方式形成了老木匠的那种态度。

都市地方可不同了。都市地方的人口是流动的，同一手艺的作场到处都有，虽不能说没有老主顾，像乡下那样世世代代请教某一家作场的老主顾却是很少的。一个工匠制造了一件家具，这件家具将归什么人使用，他无从知道。一个主顾跑来，买了一两件东西回去，或是招呼到他家里去为他做些工作，这个主顾会不会再来第二回，在工匠也无从预料。既然这样，工作潦草一点儿又何妨？而且，都市地方多的是不嫌工作潦草的人。每一件东西预备传子孙的观念，都市中人早已没有了（他们懂得一个顶扼要的办法，就是把钱传给子孙，传了钱等于什么都传下去了）。代替这个观念的是想要什么立刻有什么。住亭子间的人家新搬家，看看缺少一张半桌，跑出去一趟，一张半桌载在黄包车上带回来了，觉得很满意。住前楼的文人晚上写稿子，感到冬天的寒气有点儿受不住，立刻请个洋铁匠来，给装上个火炉。生起火炉来写稿子，似乎文思旺盛得多。富翁见人家都添置了摩登家具，看看自己家里，还一件也没有，相形之下不免寒伧，一个电话打出去，一套摩登家具送来了。陈设停当之后，非常高兴，马上打电话招一些朋友来叙叙。年轻的小姐被邀请去当女傧相了，非有一身“剪刀口里”的新装不可，跑到服装公司里，一阵的挑选和叮嘱，质料要时髦，缝制要迅速，临到当女傧相的时刻，心里又骄傲又欢喜，仿佛满堂宾客的眼光一致放弃了新娘而集中在她一个人身上似的。当然“想要什么”而不能“立刻有什么”的人居大多数，为的是钱不凑手。现在单说那些想要什么立刻有什么的，他们的满足似乎只在“立刻有什么”上，要来的东西是否坚固结实，能够用得比较长久，他们是不问的。总之，他们都是不嫌工作潦草的人。主顾的心理如此，工匠又何苦一定要一丝不苟？都市地方有一些大厂家，设着验工的部分，检查所有的出品，把不合格的剔出来，不让它跟标准出品混在一起，因而他们的出品为要求形质并重的人所喜爱。但是这种办法是厂主为要维持他那“牌子”的信用而想出来的，在工人却是一种麻烦，如果手制的货品被认为不合格，就有罚工钱甚至停工的灾难。现在工厂里的工人再也不会把手制的货品看做艺术品了。他们只知道货品是玩弄他们生命的怪物，必须服事了它才有饭吃，可是无论如何吃不饱。——工人的这种态度和观念，也是都市地方的一切生活方式形成的。

近年来乡下地方正在急剧地转变，那个老木匠的徒弟大概要跟他的师父以及师父的师父分道扬镳了。

1937 年

乐山被炸

日本飞机轰炸乐山的那一天，我在成都。成都也发了警报。我和徐中舒兄出了新西门，在田岸上走，为了让一个老婆子，我的右脚踹到稻田里去了，鞋袜都沾满了泥浆。一会儿我们的飞机起飞了，两架一起，三架一起，有的径往东南飞去，有的在晴朗的空中打圈子，也数不清起飞了多少架，只觉得飞机声把浓绿的大平原笼罩住了。田岸上的人一路走，时常抬起头来眯着眼望天空，待望见了一个银灰色的颗粒，感慰的兴奋的神色就浮上了脸，仿佛说，我们准备好了，你们来吧！

我们在一条溪沟旁边的竹林里坐了一点钟光景，又在中舒兄的朋友的草屋里歇了将近两点钟，并且吃了午饭，警报解除了，日本飞机没有来。哪知道就在这一段时间里，我们寄居的乐山城毁了大半，有两千以上的人丧失了生命。我的寓所也毁了，从书籍衣服到筷子碗盏，都烧成了灰；我的一家人慌忙逃难，从已经烧着了的屋子里，从静寂得不见一个人只见倒地的死尸的小巷子里，从日本飞机的机枪扫射之下，赶到了岷江边，渡过了江，沿着岸滩向北跑，一直跑了六七里路，又渡过江来到昌群兄家里，这才坐定下来喘一口气。

我和徐中舒兄回到城里，听到传说很多，泸州被炸了，自流井被炸了，提到的地方总有八九处。但是到了四点半的时候，就知道被炸的是乐山，消息从防空机关里传出来，而且派去看的飞机已经回来了，全城毁了四分之三，火还没有扑灭呢。那是千真万确的了，多数人以为该不至于被炸的乐山竟然被炸了。

为什么要轰炸乐山呢？乐山有唐朝时候雕凿的大佛，有相传是蛮子所居实在是汉朝人的墓穴的许多蛮洞，有凌云、乌尤两个古寺，有武汉大学，有将近十万居民，这些难道是轰炸的目标吗？打仗本来没有什么公定的规则，所谓不轰炸不设防城市，乃是从战斗的道德观念演绎出来的。光明的勇敢的战斗员都有这种道德观念。彼此准备停当了，你一拳来，我一脚去，实力比较来得的一方打倒了对方，那才是光荣的胜利。如果乘对方的不防备，突然冲过去对准要害就来个冷拳，那么即使把对方打得半死，得到的也只是耻辱而不是胜利，因为这个人违背了战斗的道德。多数住在乐山的人以为乐山该不至于被炸，一半就由于料想日本军人也有这种道德观念。他们似乎忘却了几乎每天的报纸都记载着的事例，要是不忘记那些事例，日本军人并没有这种道德观念是显然的。他们存着极端不真切的料想，又把自己的身家性命作为赌注，果然，他们输了。我是他们中间的一个，我也输了。

那一夜差不多没有阖眼。想我的寓所在岷江和大渡河合流的尖嘴上，那是日本飞机最先飞过的地方，决不会不被炸；想我家每次听见了警报总是守在寓里，不过江，也不往山野里跑，这回一定也是这样，那就不堪设想了；想日本飞机每次来轰炸，就有多少人死了父母，伤了妻子，人家的人都可以牺牲，我家的人哪有特别不应该牺牲的理由？但是，只要家里有一个人断了一条臂或者折了一条腿，那就是全家人永久的痛苦。如果情形比断一条臂折一条腿还要严重呢？如果不只是一个人而是几个人呢？如果老小六口都烧成了焦炭呢？我要排除那些可怕的想头，故意听窗外的秋虫声，分辨音调和音色的不同，可是没有用，分辨不到一分钟，虫声模糊了。那些可怕的想头又钻进心里来了。

第二天上午八点钟，一辆小汽车载着五个归心似箭的人开行了。沿路的景物，没有心绪看；公路上的石子弹起来，打着车底的钢板当当发响，也不再嫌它讨厌了；大家数着路旁的里程标，“走了几公里了，剩下几公里了”，这样屡次地说着。那些里程标好像搬动过了，往常的一公里似乎没有那么长。

总算把一百六十多个里程标数完了。从乱哄哄的人丛中，汽车开进了嘉乐门，心头深切地体验到“近乡情更怯，不敢问来人”的况味。忽然有人叫我，向我招手。定神看时，见是吴安真女士，“怎么样?”我慌张地问。

“你们一家人都好的，在贺昌群先生家里了。”听了这个话，我又深切地体验到“疑是梦里”并不是夸饰的修辞。

跑到昌群兄家里，见着老母以下六口，没有一个人流了一滴血，擦破了一处皮肤，那是我们的万幸。他们告诉我寓中一切都烧了；那是早在意料之中的事，我并不感到激动。他们告诉我逃难时候那种慌急狼狈的情形；我很懊悔到了成都去，没有同他们共尝这一份惶恐和辛苦。他们告诉我从火场中检出来的死尸将近上千了；那些人和我们一样，牺牲的机会在冥冥之中等候着，他们不幸竟碰上了，那比较听到一个朋友或是亲戚寻常病死的消息，我觉得难受得多。最后，他们告诉我在日本飞机还没飞走的时候，武大和技专的同学出动了，拆卸正在燃烧的房子，扛抬受了伤的人和断了气的尸体，真有奋不顾身的气概；听到这个话，我激动得流了泪。在成都听人说起那一回成都被炸，中央军校的全体同学立刻出动，努力救火救人，我也激动得流了泪。那是教育奏效的凭证，那是青年有为的凭证，把这种舍己为群的精神推广开来，什么事情做不成呢。

被炸以后的两个月中间，我家都忙着置备一切器物。新的寓所租定了，在城外一座小山下，就搬了进去。粗陶碗，毛竹筷子，一样可以吃饭；土布衣衫穿在身上，也没有什么不舒服；三间面对田野的矮屋，比以前多了好些阳光和清新空气。轰炸改变了我的什么呢？到现在事隔半年了，在曾经是闹市区的瓦砾堆上，又筑起了白木土墙的房屋，各种店铺都开出来了。和被炸的别处地方以及沦为战区的各地一样，还是没有一个人显得颓唐，怨恨到抗战的国策；这是说给日本军人听也不会相信的。

1940年

桡夫子

川江里的船，多半用桡子。桡子安在船头上，左一支右一支的间隔着。平水里推起来，桡子不见怎么重。推桡子的往往慢条斯理地推着，为的路长，犯不着太上劲，也不该太上劲。据推桡子的说，到了逆势的急水里，桡子就重起来，有时候要上一百斤。这在别人也看得出来，推桡子的把桡子推得那么重，身子前俯后仰的程度加大了。过滩的时候，非使上全身的气力，桡子就推不动。水势是这样的，船的行势是那样的，水那股汹涌的力量全压在桡子上。推桡子的脚蹬着船板，嘴里喊着“咋咋——呵呵呵”，是这些沉重的声音在教船前进呢。过了滩，推桡子的累了，就又慢条斯理的了。

这些推桡子的，大家管他们叫“桡夫子”。

好些童话里说到永远摇着船的摆渡人，他老在找个替手，从他手里把桨接过去；一摆脱桨，他就飞一样地跑了，再不回头看一看他那摇了那么久的船了。在木船上二十多天，我们天天看桡夫子们做活，不禁想起他们就是童话里说的摆渡人。天天是天刚亮他们就起来卷铺盖。天天是喊号子的一声“喔——喔嗷——嗷”，弟兄伙就动手推桡子。天天是推过平水上流水，推过流水又是平水。天天是逢峡过峡，逢滩过滩。天天是三餐干饭。天天是歇力的时候抽一杆旱烟。天天听喊号子的那样唱：“哥弟伙，使力推，推上流水好松懈”，“弟兄伙，用力拖，拢到地头有老酒喝。”这样，天天赶拢一个码头。随后，他们喝酒，耍钱，末了在船头上把铺盖打开，就睡在桡子旁边。

那个烧饭的（烧饭的管做饭，看太平舱，是船上的总务，他的工钱比别的桡夫子大）跟我们说起过：“到了汉口，随便啥子活路跟我说一个嘛，船上这个饭不好吃。”他说：“岸上的活路没得这么‘讨神’，一天三顿要做那么多人吃的，空下来还顶一根横桡，清早黑了又要看舱，是不是？船漏了是你的责任嘛。”他说：“这么点儿钱，哪儿不挣了？”他年纪还轻，人很精灵，想要放下手里的桨，换个新活路。在他看来，除了自己手上的都满不错。

别的桡夫子们，有好几个已经三十多了。一个十六七岁的，上一代也吃船上饭，也是推桡子的。这些人却不想放下手里的桨，都是每天不声不响地提起桡子，按着节拍一下一下推着。他们拿该拿的钱，吃该吃的饭，做该做的活。推船跟干别的活无非为了挣钱，他们干这一行，就吃这一行饭，靠这一行吃饭，永远靠这一行吃饭。“钱是各人各自挣的嘛，做得到哪一门活路，吃得成哪一门饭，未必是说着要的，随随便便就拿钱给你挣了！”他们这样说。

我们下来的时候，从重庆到宜昌推一趟，每人拿得到四五万元。

在船开动的前一天，就散了一些工资。这是给桡夫子们安家买“捎带”的。“捎带”各人各买，有买川连的，有买炭砖的，有买柴火的，也有买饭箕的。买了各自扛上船，老板有地方给他们安放。老板说：“我不得亏待你们，总有钱给你们办‘捎带’的。”桡夫子们说：“牲钱（工资）拿来有屁用！不办点‘捎带’，回来扯不成洋船票，还走不到路呐。”这些“捎带”有赚有蚀。听到底下哪门货色行市，他们就办哪门。也许这已经是几个月前的信息了，也许根本就没有这回事。不过他们总是高高兴兴地把“捎带”办了来，找个顶落位的地方放好，心里想，也许在这上头可以赚一笔大钱呢。

1946年

在西安看的戏

住西安不满二十天，倒看了八回戏，易俗社两回，香玉剧社两回，尚友社、西北歌舞剧团、郿鄠剧团、皮影戏各一回。西安人看戏的兴致似乎很高，除了我们看过的几处以外，还有好些剧团，听说处处满座，票不容易买。多数人能够哼两句秦腔或河南梆子，广播也常常播秦腔和河南梆子，喇叭底下聚集着低回不忍去的听众。

西安的戏院可以说属于旧形式。长方形，直里比横里长。长条椅一排排地正摆，挤得比较紧。两旁边栏杆以外也容纳观众，那是偏着身子站着看的，票价特别便宜。房屋不怎么讲究，有几座用席顶棚。易俗社舞台沿的上方仿敦煌壁画画两个大型的飞天，回身凌空，彩带飘拂，比随便画些图案好看多了。用飞天作舞台的装饰，在别处还没见过。

听说一九五四年要修一座戏院，当然是新式的，设计的时候一定会考虑到怎样让买便宜票的也有座位。

在易俗社看两回秦腔，一回是整本戏《游龟山》，一回是六个单出戏。戏都演得认真，排在前头的单出戏也没有从前戏院的习气，有气没力，敷敷衍衍，只顾陪着观众消磨时间。演员的地位和认识提高了固然有关系，另外的原因恐怕是观众老早到齐，一开场就坐得满满的，不像以前有些人那样直到末了儿一两出上场的时候才来，表示他们除了头牌的名角而外不屑一顾。既然有那么些人要看，而且是真心诚意地要看，就是戏排在前头，又怎么能草草了事？

小时候听秦腔，现在光记得贾碧云的《阴阳河》和《红梅阁》。贾碧云是京剧角色，带唱秦腔，当时很有些声名。只觉得那声音高亢极了，刺耳的胡琴和梆子之外就只是那么咿咿呀呀的，越顿越高，越顿越高，完全听不清唱些什么。不知道什么缘故，现在听秦腔不觉得那么高亢了，胡琴和梆子也不刺耳，演员唱得好，口齿清楚，我可以听懂七八成，唱得差的，也有三四成。

没有戏单，挂在两旁的黑板上写着白粉字——戏名和演员名，因而很难记住谁扮演谁。我光记住了一位女演员的名字，孟遏云，因为近旁的观众都在轻声屏气地说这个名字，她的演唱特别引人注意，还有我左手边一位老太太带着叹息的调子说她今晚来看戏就为看这个孟遏云。

外行人不能说内行话，况且唱歌是声音的事情，用语言来描摹很难见效，往往描摹了一大堆，人家还是捉摸不到什么，我也不预备描摹了。我只觉得孟遏云的声音有天分又有训练，训练达到了极端纯熟的境界，能够自由操纵，从心所欲，随时随地恰当地表达出剧中人的感情，因而她的唱有风格，有自己的东西，虽然别人唱起来，唱词和曲谱也全都是那么样。听她一句一句唱下去，你心中再不起旁的杂念，光受她的唱的支配。她的风格含着种种味道，领略那味道是一种愉快、一种享受，你惟恐错过了一丝半毫的愉快和享受，哪还有工夫想旁的？她的声音那么一转，一转之后又像游丝一样袅上去，你就默默点头，认为非那么一转袅上去不可。她把一个语音斩钉截铁地喷出来，才喷出来就划然煞住，你就咂咂嘴唇，认为唯有那样喷出来就煞住才恰到好处。这里所谓“认为”并非思维活动，简直是不意识，不过耳朵里感觉顺适，心里感觉舒服罢了。我们看了好的书画、精美的雕刻，同样会感觉到那种顺适和舒服。凡是艺术作品，合乎规格，又不仅合乎规格，还有独自的风格、独自的味道的，都能叫人感觉到那种顺适和舒服。——我说了这么些话并没有传出孟遏云的唱的好处，这是没有办法的事，要领略好处怕只有用耳朵去听。我很想听听内行家的意见，不知道内行家对于孟遏云的唱怎么说。至于她的演技，我不再多说外行话了，总之，妥帖，老到，全身有戏，随时是戏。在《游龟山》里，她演江夏县的太太，又一回她演《探窑》里的王宝钏。《探窑》尤其酣畅淋漓。

常香玉的河南梆子，我看过她的《断桥》。她也有她的风格，能把感情充分地发挥。白娘娘的爱恋、怨恨、悲痛，听了她的唱似乎可以把实质给抓住。这回看了她的《花木兰》，印象当然也挺好。我的一位朋友发表他的“读后感”，他说《花木兰》的道白做工似乎过于京戏化了，减少了河南梆子的本色——某一剧种的某些本色应该保留还是改掉，该多保留还是少保留，是戏剧工作里值得讨究的题目。他又说花木兰胜利之后帐前独唱的时候如果有个舞蹈场面，戏也许更出色些。外行人不能下什么判断，愿意把朋友的意见记下来，供香玉剧社参考。

巧得很，在易俗社看了《拷红》，在香玉剧社也看了《拷红》。易俗社的《拷红》，饰红娘的是一位男角——很抱歉，没有记住他的姓名，一出场就看得出他是个守着旧典型的。所谓旧典型就是传统的规范，一举一动，一颦一笑，全有程式。可是他能不让程式拘住，把程式演活了，于是观众面前出现一个活泼伶俐随机应变的小红娘。我想，我国各种旧戏都有它的程式，凡是成功的演员都是把程式演活了的——不知道这样说是不是切当。香玉剧社的《拷红》，老夫人、莺莺、红娘、张生四个角色铢两悉称，彼此配合得挺紧凑，一个在那里唱呀说的，跟另外一个或几个息息相关。这一层不太容易做到。可是观众爱看的是整台的戏，不是一个角色演戏，另外一个或几个只在旁边坐一坐，站一站。为了满足观众的要求，演员当然应当尽力做到这一层。

没有戏剧源流的知识，不知道秦腔和河南梆子的关系怎么样。推想起来，该是近房兄弟吧。不然，为什么西安人喜爱河南梆子那么强，只望香玉剧社老留在西安？再说，陕西跟河南接壤，一在关内，一在关外，地理上的关系也实在密切。据我想，这两种戏剧，还有其他几种地方戏，有个共通之点，就是唱句的音乐性很够味，可是听起来还是语言。音乐性够味，所以熟极的戏也愿意再去听一听，听那唱歌，听那演员的独自的风格——当然指有风格的而言。听起来还是语言，所以听歌唱同时领略戏的细微曲折，比较单就音乐方面听，感觉更见深切。在我国各种戏剧里头，音乐性够味可是听起来几乎不成语言的，该数昆曲里的南曲了——北曲好一些。固然，曲词多用文言词藻，造句又属诗词一路，那是不容易一听就明白的一个原因。可是，更重要的原因在每唱一个字袅呀袅呀地转折太多了，叫人家光听见一连串的工尺上四合。就是能唱的曲家，要是请他听一支生曲子，恐怕除了一连串的工尺上四合也领略不多吧。曲词明明是语言（诗词一路的语言），可是听起来只是一连串的工尺上四合，不成语言。在戏曲界“百花齐放，推陈出新”的今天，各种剧种都在那里发展呀改革的，情形热闹非凡，可是昆曲只有抱残守缺的份儿，道理也许就在这里。京戏旦角的某些唱段，我听起来也有一连串工尺上四合之感，就是说不知道说些什么，虽然觉得悦耳。我听秦腔和河南梆子就不然，一方面居然能欣赏唱的好处，另一方面又能听清它的语言，欣赏就包括戏剧的内容，不仅在音乐。凡有这个特征——音乐性够味，可是听起来还是语言——的歌剧，我想，前途都是光明的、乐观的。什么根据呢？根据就在我能够接受，非但能够接受，还能够欣赏。而我呢，至少可以代表一大部分并不内行可是喜欢看戏的观众。

看了西北歌舞剧团的《小二黑结婚》，我就想到一部分新歌剧似乎还没有前边所说的特征，唱词配了音乐，当然不像话剧那样，句句跟实际生活里的语言一致，而那音乐，不知道什么缘故，又不像秦腔和河南梆子那样，能使有天分的演员唱成独自的风格。于是，就语言方面听，不如话剧干脆、爽利、有实感，就音乐方面听，不如秦腔、河南梆子的耐人寻味，经得起咀嚼。有些新歌剧，我们看过一回，知道有那么一回事就算了，再不想看第二回，原由恐怕在此，新歌剧正在成长的阶段，得从各方面努力，是不是该在争取我所说的特征上多注点儿意，希望戏剧界考虑。

现在谈皮影戏。我们看的全本《火焰驹》。皮影戏各个登场人物的唱词道白大部分由一个人担任，只有少数几处由另外一个人搭配。唱的什么调我不知道，似乎属于“说唱”一路。

那皮人、皮道具的雕刻工细极了，饰色鲜艳极了，陈列在民间艺术品展览会里准可以列入上选。一切全用繁复的线条画成，只有人物的面部很简单，几笔勾出了生旦净丑，当然也有繁复的花脸。生的袍服，旦的衣裙……全有图案花纹。一张桌子，一把椅子，也不厌其烦地尽量细雕，好像红木作里制成的精制品。小到一把扇子（要知道皮人只一尺来高，可以想象扇子多大了），并不剪成扇形就算，还要把它镂空，让扇面上有画。有几幅布景，那花丛全用工笔，那假山有宋元人画山石的意味，又古茂，又艳丽。

没看过皮影戏的也许不大明白那是怎么回事，现在大略说几句。可以拿傀儡戏作比方，傀儡戏是傀儡演戏，皮影戏是皮人演戏，举止行动同样由藏在背后的人操纵。不过皮人不像傀儡那样成个立体的形象，那是皮雕成的，只是一片，而且是侧影的一片，不朝左就朝右。后面亮着灯光，活动的皮人的影子映在垂直张挂的白布上，观众在白布前面就可以看戏了。

我们看戏看傀儡戏都在台前看，看正面。舞台有深度，因而有远近。元帅升帐，他的位置距离我们远些，帐前两旁站着四将，距离我们近些。看皮影戏可不然。我们虽然坐在白布前面，实际上等于坐在舞台侧边，只能看个侧面。无所谓远近，侧形的皮人全在一个平面上活动——一个平面就是那垂直张挂的白布。

看皮影戏得在意想中“除外”一些形象。换句话说，有些影子你得当作没看见。要让皮人的身躯跟四肢活动，不能不用几根细木签支使它，细木签的影子不能不映在白布上。要是不在意想中当作没看见那些细木签的影子，就觉得场面上的人物牵牵挂挂的，很不顺眼。还有，皮人本来朝左，一会儿要它朝右，这只有一个办法，把它翻转来。翻转来当然很快，真可以说“一刹那”，在“一刹那”间，侧面的人形成了稀奇古怪的形象。那稀奇古怪的形象也得“除外”，当作没看见，意想中只当它朝左的人物慢慢地转过身来朝右边。还有，皮影必须贴着白布，轮廓和线条才显得清楚，色彩才显得鲜明。可是，皮人究竟拿在人的手里，总不免有些时候离开白布些儿，于是轮廓和线条朦胧了，色彩模糊了。那时候你最好闭一闭眼睛养养神，待皮人贴着了白布再看下去。

这些全是特质的条件的限制，既然要让“只是一片”的皮人演戏，就没法超越这些限制。我们只要想一想，所有登场的皮人全都由一个人的两只手操纵，居然可以演出整本的戏，摹仿真人的活动相当到家，也就不会有什么苛求了。

一个唱的，一个操纵皮人的，三四个奏音乐的，大概五六个人就可以搞一个皮影戏的班子。这样地简单，旁的戏班子无论如何赶不上。跟傀儡戏比起来似乎差不多，可是皮人比傀儡轻巧多了。在无戏可看的地区，皮影戏靠它的简单，四出流动，满足群众的需要。现在戏剧的供应已经比较普遍，今后更将普遍，僻远的农村也可以看到话剧、歌剧。我想，在换换口味的意义之下，那时候皮影戏还会是群众所喜见乐闻的。

1954年1月4日

刺绣和缂丝

最近在苏州参观江苏省工艺美术研究所。敞亮的工作室里，著名的金静芬老太太与好些中年妇女和女青年在那里刺绣，大多是赶制“七一”的献礼品。谁都像忘了自己似的，全神贯注在一上一下的针线上，使参观的人不敢轻轻地咳嗽一声，不敢让脚步有一点儿声音。“绷架”上或是大幅，或是小品，大幅几个人合作，小品一个人独绣。花线渐渐填充双钩的底稿，于是一只有神的眼睛出现了，一张娇艳的嫩叶出现了，层叠的峰峦显出了明暗，烂漫的花朵显出了阴阳。

大凡工艺美术的活儿，要是要求不高，竟可以说人人干得来。譬如刻图章，说容易真容易，阴文只要把字的笔画刻掉，阳文只要把字的笔画留着。有些小学生中学生爱找一块图章石买一把刻刀来玩儿，原由之一就在刻图章这么容易。但是要讲布局，要讲刀法，要讲整个图章的韵味，就连积年的老手也未必个个图章都能踌躇满志。刺绣这活儿，无非拿花线填充底稿而已，只要针针刺在界限上，线跟线不散开也不重叠，就成了，这还不容易？但是要讲选用花线颜色恰到好处，要讲丝毫不露针线痕迹，要讲整幅绣品站得起来，透出生气和活力，就跟画家画一幅惬心之作一样，是不怎么容易的艺术造诣。有些绣品诚然平常，如演员身上穿的戏衣，如百货店柜台里陈列的椅垫枕套。我看江苏省工艺美术研究所完成的绣品，却几乎幅幅是惬心之作，是不用画笔而用针线画成的好画。在从前，谁绣出这么一两幅，人家就交口赞誉，称为“针神”了。而现在“针神”竟有这么多，静静地坐在那里刺绣的老年中年青年人全都是“针神”！百花齐放的时代啊！她们的成品在好些刺绣车间里是制作的楷模，在展览会和陈列馆里是引人注目的展品，在国际交往间是最受欢迎的礼物，需要那么多，因而经常供不应求。

新创的针法听说有好多种，没仔细打听，说不上来。研究所正在写稿子，总结种种经验，我很盼望早日成书问世，虽然完全隔行，也乐于知其梗概。一句话给我印象很深，说努力的方向在使画面富于立体感。的确，我们看见的旧时的佳绣，工致匀净有余，生动活泼不足，换句话说，就是缺少立体感。要画面富于立体感，就是说，绣品要超过旧时的佳绣，真够得上称为生动活泼的好画。这个方向定得好，见出革新的精神和追求的勇气。而摆在面前的绣品，几乎幅幅是好画，又可见新针法新经验已经起了作用，所谓富于立体感已经在艺术实践中做到了。刺绣固然不是垂绝之艺，可是一代一代传下来，艺术上的发展不怎么大。现在多数人集体钻研，共同实践，有意识地要它发展，发展果然极大，往后精益求精，前途何可限量。这儿我只是就苏绣而言，此外如湘绣广绣，虽然知道得很少，想必跟苏绣一样，近年来艺术上也有大发展，为历来所不及。从刺绣我又联想到同属工艺美术的木刻水印术，十年来的发展多大啊！十年以前，表现北京荣宝斋最高造诣的是《北平笺谱》和《十竹斋笺谱》，到现在，《文苑图》和《夜宴图》的复制品挂在荣宝斋的橱窗里了。要不是亲眼看见，亲耳听说，很难相信从比较简单的笺谱发展到《文苑图》《夜宴图》那样要印几百次才完成的工笔绢画（《夜宴图》现在才复制一段，五段复制齐全，估计要印一千八百次），只有十年工夫。总而言之，各种工艺美术像是结伴合伙似的，赶在最近这十年间都来个大大的发展。这几乎不须列举若干个为什么，套用一句“其故可深长思矣”也就够了。

对于女青年，研究所规定常课，要她们练习绘画。这个措施极有意义。既然要用针线画画，练习用画笔画画自然有很大好处，从这中间通达画理，无论选线运针就都有另外一副眼光了。我知道在那里刺绣的老年中年人，她们年青的时候没受过这种基本训练。她们从小学刺绣，无非练成个手艺，贴补些家用而已，精不精并非主要考虑的事，偶尔有几个人用力勤，用心专，天分又比较高些，才成为好手。现在不同于她们年青的时候了，刺绣是工艺美术之一，要学就非精不可，于是注重基本训练，借以保证人人能精。这是现在青年的好运气，也是刺绣艺术的好运气。

研究所里不仅刺绣一门，还有缂丝，象牙雕刻，黄杨浮刻，这几门也是制作兼研究，所以这机关叫做工艺美术研究所。现在光说缂丝。缂丝是始于宋代的一种丝织工艺，宋以来的缂丝佳作，现在在少数几个博物馆里还可以看到。在清代，苏州担负了皇家的织造任务，缂丝就在苏州流传，织工聚集在城北叫陆墓的小镇上，主要织造宫中所用的袍料。近几十年来，干这一行的越来越少了，知道什么叫缂丝的也不太多了，缂丝成为垂绝之艺了。一九五五年初冬我到苏州去，那时候刺绣合作社刚组织起来（就是研究所的前身），就从陆墓请来几位老艺人，让他们传授这个垂绝之艺，其中一位姓沈，七十多了。这一回没见着沈老，听说他还健康。堪喜的是现在不织什么袍料，而是继承着宋以来佳作的传统，织优秀的画幅了。更堪喜的是老一代培养年青一代，缂丝这一种工艺不仅保存下来，而且将像刺绣一样，老树枝上开出新鲜的花朵。

缂丝是怎么一回事呢？不妨拿刺绣来比较，刺绣是在现成的料子上加工，绣出图画或是文字，缂丝是在织作的时候织出图画或是文字，织料子织花纹一气呵成。缂丝又跟织彩缎文锦不一样。彩缎文锦也是织料子织花纹一气呵成的，因为图案有规则，彩色有限制，依靠纹工的事先安排，各色纬线一梭去一梭来，梭梭都径直穿过。缂丝可不一定织图案，彩色看稿样而定，譬如稿样是一幅花卉，彩色很复杂，每种彩色又有不同程度的深淡，缂丝都得照样织出来。这就不是纹工所能事先安排的了，只能把花卉画的轮廓描在经线上，用小梭子引着深淡不同的各色纬线，看准稿样的彩色一截一截地织，某一梭该三根经线宽就织三根经线，某一梭该五根经线宽就织五根经线。两脚踩着织机的踏板，牵动经线一上一下。一堆小梭子搁在旁边。手里拿个小铁篦挑起几根经线，就捡一个适当的小梭子穿过去，随即用小铁篦轻轻地把织上的纬线贴紧。整幅缂丝就是这样织成的，真是磨细了心思的工作。

我怀着这样一个愿望，把一些工艺美术的制作过程写下来，要写得清楚明白，让不知道的人仿佛亲眼看见了似的。这儿写缂丝，自己觉得未能满足这个愿望。这是了解不透彻，观察不细密的缘故，我很抱愧。

1961年6月17日

我和商务印书馆

如果有人问起我的职业，我就告诉他：我当过教员，又当过编辑，当编辑的年月比当教员多得多。现在眼睛坏了，连笔划也分辨不清了，有时候免不了还要改一些短稿，自己没法看，只能听别人念。

做编辑工作是进了商务印书馆才学的。记得第一次校对，我把校样读了一遍，不曾对原稿，校样上漏了一大段，我竟没有发现。一位专职校对看出来了，他用红笔在校样上批了几个字退回给我。弄得我很不好意思。我才知道编辑不好当，丝毫马虎不得，必须认认真真一边干一边学。

我进商务是一九二三年春天，朱经农先生介绍的。朱先生当时在编译所当国文部和史地部的主任。我在国文部，跟顾颉刚兄一同编《新学制中学国文课本》。这套课本的第一册是另外几位编的，其中有周予同兄。我参与了那时候颁发的“新学制中学国文课程标准”的拟订工作。

一九二七年六月，郑振铎兄去欧洲游历，我代他编《小说月报》，跟徐调孚兄合作。商务办了十几种杂志，除了大型的综合性的《东方杂志》人比较多，有十好几位，其余的每种杂志只有四位。《小说月报》除了调孚兄和我，还有两位管杂务的先生。他们偶尔也看看校样，但是不能让人放心。

那时正是大革命之后，时代的激荡当然会在文学的领域里反映出来。那两年里，《小说月报》上出现了许多有新意的作品，也出现了许多新的名字，最惹人注意的是茅盾、巴金和丁玲。当时大家不知道茅盾就是沈雁冰兄。他过去不写小说，只介绍国外的作品和理论。巴金和丁玲两位都不相识，是以后才见面的。

等振铎兄从欧洲回来，休息了一些日子，我就把《小说月报》的工作交回给他，回到国文部编《学生国学丛书》，时间记不太准，总在一九二九年上半年。到第二年下半年，我又去编《妇女杂志》，跟金仲华兄合作。一九三一年初，开明书店创办《中学生》杂志，过了不久，夏丏尊先生、章锡琛先生要我去帮忙，我就离开了商务。我在商务当编辑一共八个年头。

商务创办于一八九八年，老板是几位印《圣经》发家的工人；两年以后，维新派的知识分子参加进去，成立了编译所，一个编译、印刷、发行三者联合的文化企业就初具规模了。后来业务逐渐发展，就编译和出版的书籍杂志来说，文史哲理工医音体美，无所不包；有专门的，有通俗的，甚至有特地供家庭妇女和学前儿童阅读的。此外还贩卖国外的书刊、贩卖各种文具和体育器械，还制造仪器标本和教学用品供应各级学校，甚至还摄制影片，包括科教片和故事片。业务方面之广和服务对象之广，现在的任何一家出版社都不能和商务相比。商务的这个特点，现在不大有人说起了。

商务的编译所是知识分子汇集的地方，人员最多的时候有三百多位。早期留美回来的任鸿隽、竺可桢、朱经农、吴致觉诸先生，留日回来的郑贞文、周昌寿、李石岑、何公敢诸先生，都在商务的编译所工作过。稍后创办的几家出版业如中华、世界、大东、开明，骨干大多是从商务出来的；还有许多印刷厂装订厂，情形也大多相同。可以这样说，商务为我国的出版事业，从各方面培养了大批技术力量。

有趣的是一九四九年十月新中国成立，政务院有个管出版事业的直属机构叫出版总署，胡愈老任署长，周建老和我任副署长，二十多年前在商务编译所共事的老朋友又聚在一起了。后来人民教育出版社成立，我兼任社长。一九五四年九月，出版总署撤销，这一摊工作并入文化部。胡愈老调到文化部，出版工作仍旧由他主管；我调到教育部，主要还是在人民教育出版社做编辑工作。这一二十年来，老朋友过世的不少，周建老、胡愈老和我还健在。有人说，做出版工作的人就是长寿。

1982年元旦

故人旧事

一群鱼失了水，干得要死，大家吐出口沫来，彼此互相沾润，借此延长大家的生命。试想，吐出自己仅有的东西来，不但沾润自己，还要互相沾润，那“生的意志”的强固和“群的联系”的强固，不是够得上悲壮两个字的考语吗？

记徐玉诺

假设我没有记忆，
现在我已是自由的了。
人类用记忆把自己缠在笨重的木桩上。

这是玉诺许多杂诗中的一首。他对记忆最感愤慨，他辨出了记忆的味道。在又一首小诗里，他说：

当我走入了生活的黑洞
足足地吃饱了又苦又酸的味道的时候，
我急吞吞地咽了咽；

我就又向前进了。

历史在后边用锥子刺我的脊梁筋；

我不爱苦酸，我却希望更苦更酸的味道。

他的记忆确是非常酸苦的。只就他的境遇来说：他的家乡在河南鲁山县，是兵和匪的出产地。他眼见掮着枪炮杀人的人扬长走过；他眼见被杀的尸骸躺在山野间；他眼见辛苦的农人白天给田主修堡垒，夜间又给田主守堡垒，因为要防抢劫；他在因运兵而断绝交通的车站旁边，眼见在尘土里挣扎的醉汉，只求赏一个钱的娼妓，衙门里的老官僚，沿路赌博的赌棍，东倒西歪的烟鬼和玩弄手枪的土匪，而且与他们作伴。当初与他一起的，后来他觉得他们变了，虽然模样依旧，还能认识；这更使他伤心得几乎发狂，尝到了记忆的最酸苦的味道。他曾经对我说："在我居住的境界里，似乎很复杂，却也十分简单，只有阴险和防备而已！"我虽然不知道他所有的记忆，只就"阴险和防备"来想，倘若拿来搁在舌尖上，就足以使我们哭笑不得了。

他咒诅"阴险和防备"的境况和人物的诗很多。在这样的境况和人物之中，当然只有诅咒，只有悲痛，而无所期求。但是在咒诅倦了，悲痛像波浪一样暂时平息了的时候，他羡慕"没有一点特殊的记忆"的海鸥。当然，他要像海鸥似的，漂浮在"不能记忆的海上"生活，是做不到的。所以他赞美颠倒记忆的梦幻，羡慕泯没记忆的死火，以为在这两种境界里，尝到的总不是现在尝到的酸苦的味道了。但是，梦幻不会破空飞来，死灭又不可骤得，这又引起他深沉的悲叹。试读以下两首诗：

现实是人类的牢笼，
幻想是人类的两翼。
一只小鸟——失望的小东西——
他的两翼破碎而且潮湿；
他挣扎着起飞，
但他终归落下。

呵，可怜的脱不出牢笼的人呀！

——《现实与幻想》

自杀还算得有意义的：
没意义的人生，
他觉得自杀也是没趣味。

——《小诗》

不过他在一首《春天》里，起先叙了小鸟、小草、小孩对于春天的赞颂，以下说：

失望的哲学家走过，
逗留着无目的的寻求；
搂一搂乱发，
慈祥地端详着小鸟，小草，小孩……
仿佛这……告诉他说虚幻的平安。
倦怠的诗人走过，
擦一擦他的眼泪，微笑荡漾在枯皱的额上，
仿佛这……点缀了他梦境的美丽。

在现实的境界里，足以使他暂时满足的只有“虚幻的平安”和“梦境的美丽”的自然景物了。他最喜爱和自然景物相亲；不仅相亲，他能融化陶醉在自然景物之中，至于忘了自己。去年的初夏，他到杭州去，中途在我的乡间住了三天。那正是新苗透出不容易描绘的绿，云物清丽，溪水涨满的时候，我因为工作忙，不能每天陪着他玩。他看惯了中原的旷野，骤然见到江南的田畴，格外觉得新鲜有趣。他独自赤着脚，跨进水齐到膝盖的稻田，抚摩溪上的竹树，采访农家的小女孩，憩坐在临门的小石桥阑干上，偃卧在开着野花的坟墓上，回来告诉我说：“我已经领略了所见的一切的意思。”后来他回鲁山去了，还在信里问起他抚摩过的竹树和踏过的稻田。他描写景物的诗，与其说是描写，不如说是他自己与自然融化的诗，都有奇妙的表现力，“这一片树叶拍着那一片”，“一片片小叶都张开它的面孔来，一个个小虫都睁开它的眼睛来”。他常常有奇妙的句子花一般怒放在他的诗篇里，不在于别的，在于他有特别灵敏的感觉。他并不是故意做作，感觉到这样，就这样写下来了。不仅是写景物的诗，他所有的诗都如此。他并不把写诗当一回事，像猎人搜寻野兽那样。在感觉强烈，情绪兴奋的时候，他不期然而然地写了；写出来的，我们叫它作诗。他的稿子往往有许多别字和脱漏的地方。我曾经问他为什么不仔细一点儿写？他说：“我这样写，还恨我的手指不中用。仔细一点儿写，那些东西就逃掉了。”这就可知他的诗有时不免结构松散，修辞草率的缘故。但是也可知他的诗所以那么自然，没有一点儿雕凿的痕迹，那么真实，没有一点儿无谓的呻吟。

他虽然有时陶醉在自然里，但是“记忆”像锥子似的在背后刺他，他不能不醒来，醒来的时候当然还是愤慨；他在福州，大半是为了吃饭，所以他觉得“勉强”。他曾经对我说：“我一切都有些勉强。”既然“勉强”，热带的密林和微风的海边，于他都漠然了，他只是恋念遥远的故乡。故乡虽然是兵和匪的巢穴，然而有他的母亲父亲在那里。他还没到福州，在途中就有一首题为《给母亲的信》的诗：

当我迷迷糊糊地思念她的时候，就心不自主地写了一封信给她。

——料她一字不识——

待我用平常的眼光，一行一行看了这不甚清晰的字迹时，

我的眼泪就像火豆一般，经过两颊，滴在灰色的信纸上了。

他写了许多恋念故乡的诗。在那些诗里，爱慕母亲之外，还记挂鲁山的山谷，草原，田园，家里的小弟弟，两头母牛，三头牛犊，以及父亲的耕耘，小弟弟的玩弄小石子与他自己的割草。他的心时时飞过林原和海天，翱翔在所爱的故乡。他的爱实在很热烈而广大。他所以有咒诅的声音，就像鲁迅先生说爱罗先珂那样，叫做无所不爱而不得所爱的悲哀。所以他一方面咒诅，一方面又宽恕被咒诅的，同时还加上十分的怜悯。这种情形在他的诗里时常可见。从这里就可以推知他对于和他心灵相通的几个人是怎样的热诚而天真地相爱了。

他脸色苍黄，眼睛放射出神秘的光，“乱发乘风飘拂”，不常剃的短髭围着唇边。绍虞兄看了他的相片，说他是个神秘家。我说有些儿意思，但是你如果与他见面，即使不开口谈话，也能感到他真朴的心神。在他乘着小汽轮来我的乡间那时候，我在埠头听见报到的汽笛，期待的心紧张到

十二分了。汽轮泊定，乘客逐一登岸，我逐一打量。在许多客人的后面，一个人穿黑布衣服，泥污沾了很多，面貌像前面说的那样，一手拿一个轻巧的铺盖，一手提一只新的竹丝篮，中间满盛着枇杷香蕉等果品。我仿佛受着神秘的主宰命令似的，抢先紧握着他的胳膊，“你——玉诺？”他的目光注定在我的脸上，几乎使我想要避开，端详了一会儿，才把铺盖也提在提篮子的手里，随即紧握着我的手说：“你——圣陶！”这当儿有一种说不出来的感觉，只感到满足，至今也忘不了。

1922年

记佩弦来沪

每回写信给佩弦，总要问几时来上海，觉得有许多的话要与他细谈。佩弦来了，一遇于菜馆，再遇于郑家，三是他来我家，四呢，就是送他到车站了。什么也没有谈，更说不到“细”，有如不相识的朋友，至多也只是“颠头朋友”那样，偶然碰见，说些今天到来明天动身的话以外，就只剩下默默相对了。也颇提示自己，正是满足愿望的机会，不要轻易放过。这自然要赶快开个谈话的端，然后蔓延不断地谈下去才对。然而什么是端呢？我开始觉得我所怀的愿望是空空的，有如灯笼壳子，我开始懊恼平时没有查问自己，究竟要与佩弦细谈些什么。端既没有，短短的时光又如影子那样移去无痕，于是若有所失地又“天各一方”了。

过几天后追想，我所以怀此愿望，以及未得满足而感到失望，乃因前此晤谈曾经得到愉悦之故。所谓愿望，实在并不是有这样那样的话非谈不可，只是希冀再能够得到从前那样的愉悦。晤谈的愉悦从哪里发生的呢？不在所谈的材料精微或重大，不在究极到底而得到结论（对这些固然也会感到愉悦，但不是我意所存），而在抒发的随意如闲云之自在，印证的密合如呼吸之相通，如佩弦所说的“促膝谈心，随兴之所至。时而上天，时而入地，时而论书，时而评画；时而纵谈时局，品鉴人伦，时而剖析玄理，密诉衷曲……”可谓随意之极致了。不比议事开会，即使没法解决，也总要勉强作个结论，又不比登台演说，虽明知牵强附会，也总要勉强把它编成章节。能说多少，要说多少，以及愿意怎样说，完全在自己手里，丝毫不受外力牵掣。这当儿，名誉的心是没有的，利益的心是没有的，顾忌欺诈等心也都没有，只为着表出内心而说话，说其所不得不说。在这样的进程中随伴地感到一种愉悦，其味甘而永，同于艺术家制作艺术品时所感到的。至于对谈的人，一定是无所不了解，无所不领会，真可说彼此“如见其肺肝然”的。一个说了这一面，又一个推阐到那一面，一个说如此如此，又一个从反面证明决不如彼如彼，这见得心与心正起共鸣，合为妙响。是何等的愉悦！即使一个说如此，又一个说不然，一个说我意云尔，又一个殊觉未必，因为没有名誉利益等等的心思在里头作祟，所以羞愤之情是不会起的，驳诘到妙处，只觉得共同找到胜境似的，愉悦也是共同的。

这样的境界是可以偶遇而不可以特辟的。如其写个便条，说“月之某日，敬请驾临某地晤谈，各随兴趣之所至，务以感受愉悦为归”。到那时候，也许因为种种机缘的不凑合，终于没什么可说，兴味索然。就如我希望佩弦来上海，虽然不曾用便条相约，却颇怀着写便条的心理。结果如何呢？不是什么也没有谈，若有所失地又“天各一方”了么？或在途中，或在斗室，或在临别以前的旅舍，或在久别初逢的码头，各无存心，随意倾吐，不觉枝蔓，实已繁多。忽焉念起：这不已沉入了晤谈的深永的境界里么？于是一缕愉悦的心情同时涌起，其滋味如初泡的碧螺春，回味刚才所说，一一隽永可喜，这尤其与茶味的比喻相类。但是，逢到这样愉悦是初非意料的。那一年岁尽日晚间，与佩弦同在杭州，起初觉得无聊，后来不知谈到了什么，兴趣好起来了，彼此都不肯就此休歇，电灯熄了，点起白蜡烛来，离开了憩坐室去到卧室，上床躺着还是谈，两床中间是一张双抽屉的桌子，桌上是两支白蜡烛。后来佩弦看了看时计，说一首小诗作成了，就念给我听：

除夜的两支摇摇的白烛光里，

我眼睁睁瞅着
一九二一年轻轻地蹉过去了。

佩弦每次到上海总是慌忙的。颧颊的部分往往泛着桃花色；行步急遽，仿佛有无量的事务在前头；遗失东西是常事，如去年之去，墨水笔和小刀都留在我的桌上。其实岂止来上海时，就是在学校里作课前的预备，他全神贯注，表现于外面的神态是十分紧张；到下了课，对于讲解的反省，答问的重温，又常常涨红了脸。佩弦喜欢用“旅路”之类的词儿，周作人先生称徐玉诺“永远的旅人的颜色”，如果借来形容佩弦的慌忙的神气，可谓巧合。我又想，可惜没有到过佩弦家里，看他辞别了旅路而家居的时候是不是也这样慌忙。但是我想起了“人生的旅路”的话，就觉得无须探看，“永远的旅人的颜色”大概是“永远的”了。

佩弦的慌忙，我以为该有一部分原因在他的认真。说一句话，不是徒然说话，要掏出真心来说；看一个人，不是徒然访问，要带着好意同去；推而至于讲解要学生领悟，答问要针锋相对：总之，不论一言一动，既要自己感受喜悦，又要别人同沾美利（佩弦从来没有说起这些，全是我的揣度，但是我相信“虽不中不远矣”）。这样，就什么都不让随便滑过，什么都得认真。认真得利害，自然见得时间之暂忽。如何叫他不要慌忙呢？

看了佩弦的《“海阔天空”与“古今中外”》一文的人，见佩弦什么都要去赏鉴赏鉴，什么都要去尝尝味儿，或许以为他是一个工于玩世的人。这就错了。玩世是以物待物，高兴玩这件就玩这件，不高兴就丢在一边，态度是冷酷的。佩弦的情形岂是这样呢？佩弦并非玩世，是认真处世。认真处世是以有情待物，彼此接触，就以全生命交付，态度是热烈的。要谈到“生活的艺术”，我想只有认真处世的人才配，“玩世不恭”，光棍而已，艺术家云乎哉！——这几句就作佩弦那篇文字的“书后”，不知道他以为用得着否。

这回佩弦动身，我看他无改慌忙的故态。旅馆的小房间里，送行的客人随便谈说，佩弦一边听着，一边检这件看那件，似乎没甚头绪的模样。馆役唤来了，叫把新买的一部书包在铺盖里，因为箱子网篮都满满的了。佩弦帮着拉毯子的边幅，放了这一边又拉那一边，还有伯祥帮着，结果只打成个“跌塞铺盖”。于是佩弦把新裁的米通长衫穿起来，剪裁宽大，使我想起法师的道袍；他脸上带着小孩初穿新衣那样的骄意和羞态。一行人走出旅馆，招呼人力车，佩弦则时时回头向旅馆里面看。记认耶？告别耶？总之，这又见得他的“认真”了。

在车站，佩弦怅然地等待买票，又来回找寻送行李的馆役，在黄昏的灯光和朦胧的烟雾里，“旅人的颜色”可谓十足了。这使我想起前年的这个季节在这里送颉刚。颉刚也是什么都认真的，而在行旅中常现慌忙之态，也与佩弦一样。自从那回送别之后，还不曾见过颉刚，我深切地想念他了。

几个人着意搜寻，都以为行李太重，馆役沿路歇息，故而还没送到。哪知他们早已到了，就在我们团团转的那个地方的近旁。这可见佩弦慌忙得可以，而送行的人也无不异感塞住胸头。

为了行李过磅，我们共同看那个站员的鄙夷不屑的嘴脸。他没有礼貌，没有同情，呼叱似的喊出重量和运费的数目。我们何暇恼怒，只希望他对于无论什么人都是这个样子，即使是他的上司或者洋人。

幸而都弄清楚了，佩弦两手里只余一只小提箱和一个布包。“早点去占个座位吧。”大家对他这样说。他答应了，颠头，将欲回转身，重又颠头，脸相很窘，踌躇一会儿之后，他似乎下了大决心，转身径去，头也不回。没有一歇工夫，佩弦的米通长衫的背影就消失在站台的昏茫里了。

1925 年

白　采

那一年我从甪直搬回苏州，一个晴朗的朝晨，白采君忽地来看我。先前没有通过信，来了这样轻装而背着画具的人，觉得突兀。但略一问答之后，也就了然，他是游苏州写风景来的，因为知道我的住址，顺便来看我。我始终自信是一无所知一无所能的人，虽然有愿意了解别人以善意恳切对待别人的诚心，但是从小很少受语言的训练，在人前难得开口，开口又说不通畅，往往被疑为城府很深甚至是颇近傲慢的人。而白采君忽地来看我，我感激并且惭愧。

白采君颇白皙，躯干挺挺的使人羡慕。坐了一会，他说附近有什么可看的地方愿意去看看。我就同他到沧浪亭，在桥上望尚未凋残的荷盖。转到文庙，踏着泮池上没踝的丛草，蚱蜢之类便三三两两飞起来。

大成殿森然峙立在我们面前，微闻秋虫丝丝的声音，更显得这境界的寂寥。我们站在殿前的阴影里，不说话。白采君凝睛而望，一手按着内装画板的袋子。我想他找到画题了吧，看他作画倒是有味的事。但是他并不画，从他带笑的颧颊上知道他得到的感兴却不平常。

我想同他出城游虎丘，但是他阻住我，说太远了，他不愿多费我的时间，——其实我的时间算得什么。我声明无妨，他只是阻住，于是非分别不可了。就在文庙墙外，他雇了一头驴子，带着颇感兴趣的神情跨了上去。驴夫一鞭子，那串小铜铃康郎康郎作响，不多时就渺无所闻，只见长街远处小玩具似的背影在那里移动。

我的记性真不行，那一天谈些什么，现在全想不起来了。

后来也通过好几回信，都是简短的，并不能增进对于他的了解。但是他的几篇小说随后看到了，我很满意。我们读无论怎样好的文字，最初的感觉也无非是个满意，换句话说，就是字字句句入我意中，觉得应该这么说，不这么说就不对。但是，单说满意似乎太寒伧了，于是找些渊博的典雅的话来这样那样烘托，这就是文学批评。去年，他的深自珍秘的一首长诗《羸疾者的爱》刊布出来了，我读了如食异味，深觉与平日吃惯了的青菜豆腐乃至鱼肉不同，咀嚼之余，颇想写一点文字。但是念头一转，我又不懂什么文学批评，何必强作解人呢，就把这意思打消了。不过我坚强地相信这是一首好诗，虽然称道的人不大有。

去年冬，我们到江湾看子恺君的漫画。在立达学园门前散步的时候，白采君与别的几位教师从里面出来，就一一招呼，错落聚谈。白采君不是前几年的模样了，变得消瘦，黝黑，干枯，说话带伤风的鼻音。后来知道他有吐血的病。

今年大热天的一个午后，愈之君跑来突然说："白采死了！"

"啊！"大家愕然。

我恍惚地想大概是自杀吧；当时虽不曾想到他的诗与小说，但是他的诗与小说早使我认定他是骨子里悲观的人。

经愈之君说明，才知道是病死在船上的。

"人生如朝露"等古老的感慨，心里固然没有，但是一个相识而且了解他的心情的人离开我们去了，永不回来了，决不是暂时的哀伤。

他的遗箧里有许多珍秘的作品，我愿意尽数地读它们。已经刊布的一篇诗一本小说集，近来特地检出来重读了。我们能更多地了解他，他虽然死了，会永远生存在我们的心里。

1926年

好友宾若君

前晚，善儿将睡，倦意已笼住他的眉目，忽然懊丧地说，“听济昌说，明天他要跟着祖父母母亲回苏州去了。”

济昌跟善儿同班，是善儿最好的朋友。当善儿说起学校里的玩戏时，我们往往不待思索地问：“是不是跟济昌？”或者陈说功课的成绩时，我们也常常会问：“那么济昌的成绩怎样？”

听善儿这么说，知道离别之感侵入他的心了。而在我，更触动了似已淡忘而实在是有意避开的生死之感，于是颇觉凄然。

济昌的父亲宾若君，我永远纪念的好友，是给火车轮碾伤而惨死的。在我粘贴照片的簿子里，有他一帧半身的遗像，我在上边题着“是具真诚能实行的教育家”十一个字。

宾若君在角直当高小学校校长，先后邀伯祥与我去当教员。本来是同学，犹如亲兄弟一样，复为同事，真个手足似的无分彼此，只觉各是全体的一部分。我因年轻不谙世故，当了几年教师，只感到这一途的滋味是淡的，有时甚且是苦的；但自从到角直以后，乃恍然有悟，原来这里头也颇有甜津津的味道。

宾若君不好空议论，当然也不作现在所谓宣传性质的文字，他对于教育只是“认真”，当一件事去干。在到角直之前，他在诗人所萦系的虎丘下的七里山塘当小学校长。山塘的店家每看宾若君的往还作他们的时计；而学生家属有难决的事，如关于疾病资产营业等的，宾若君往往是他们的重要顾问：这就见得他不单是个教读书写字的教师。

我与他同事以后，只觉得他的诚恳远过于我，竟略带压迫的力量。学生偶犯过失，他招犯过失的学生到他的办事室里详细地开导，严正而慈祥，往往是一点钟两点钟。末了，那学生擦着悔悟的眼泪退出来，宾若君自己的眼眶也好像湿润了。他热心于卫生常识的传授，以为这是一切的基本，所以讲刷牙齿洗澡等每至两三星期，讲了之后，见学生一一照着做了，他才放心。

他并不主张什么教育什么教育，像其他的教育工作者。

他的唱歌是学生时代早著名的，曼声徐引，有女性的美而无其靡。课毕，学生回去了，我们有时沽酒小酌，酒既半醺，他按拍而歌，双颜红润，殊觉可爱。数阕以后，歌者听者皆觉无上快适，已消散了积日的辛劳。

我对他也有不满意之点，就在他略带黏滞的性质。他总是“三思而后行”，而我以为未免多了一思或两思。但是轻忽偾事的先例正多呢，像他这样审虑再四，欲行又止，即从最平常的方面说，也未必不因而少偾了几件事。所以我的不满意只因彼此的气质有不同罢了。

那年暑假已过，我因父亲去世，移家住甪直。宾若君家里有事，来了又回去，说两三天就来。但是第三天没有来。他是不肯失约的，这不来颇使我们疑怪，揣度的结论是他害病了。次日傍晚，两条航船都已泊在埠头，连船夫也散得渺无踪影，而他仍杳然。我与伯祥回家，正在谈论不知他的病重不重，那每晚来一趟的瘦脸邮差送信来了。伯祥接信，看了看，似乎放心又略带惊讶地说：

“果然，他病了，这是他的老太爷写的。”

“啊！”伯祥抽出信笺看，突然叫起来。我赶忙凑近去看，八九行的话，似乎个个字是生疏的，重看一遍方才明白。信里说宾若君在昆山下车，车尚未停稳，失足陷入月台与车身之间，致下身被轧受伤甚重；现由路局送回苏州，入福音医院医治；医生说暂时没有把握，要看一两天内经过情形再说。

这消息于我们真是一声霹雳似的震撼；也不是悲伤，也不是惊惶，实在无以名心头一时的情状。想到这个具有真诚的心的可贵的躯体正淌着红血，想到老年的父母亲爱的哥哥正在伤心这猝然降临的不幸，我们的心都麻木了……

次日，这消息震荡了全校的心，有如突然来了狂飙。

又次日，我们买舟到苏探视。原是怀着寒怯的心情的，到望见福音医院低低的围墙时，全身仿佛被束缚了，不相信等会儿会有登岸跨进门去的勇气。“但愿是梦里吧！”这样无聊地想。

真同梦里一样，恍惚地登岸，恍惚地进医院的门。繁密的绿叶遮蔽了下射的阳光，细沙路阴森森的，树以外飘来礼拜堂里唱颂祷诗的沉静而稍带悲哀的声音，一缕哀酸直透心胸，我流泪了。

前边来了宾若君的大哥勖初君，我们迎上去问，差不多都噤口了，只简短地低低说：“怎样？”

勖初君的眼睛网着红丝，惘然的，想来已经过度失眠而且流了好些眼泪吧。他摇头默叹，说宾若君失血太多了，至于十之六七，大半身无处不烂，肠也有被轧出来的，简直无望了。

立刻要去看见的是个未死而被判定必死的好友，还能有余裕想什么！无形的大石块早已紧紧压住我们了。我们承着这无形的大石块踅进病房，一切所见全是浮泛的，也不曾嗅到病房里特有的药气或者其他气味。

宾若君盖在红色的被单之下，这个想是医院里特别预备来混淆可怕的血迹，以减轻视疾者的忧惧的吧。但是我们明知这里掩盖着半截腐烂了的身体，虽用红色，又有什么用呢？他的脸色纯乎灰白，眼睛时时张开，头发乱结像衰草。他神志还清，抬起眼来望着我们，说："你们来看我了，谢谢。我的毛病……学校……唷……唷……"一阵剧痛打断了他的话。

除了"你放心养病，一切都有我们在"这样虚空的安慰语，还有什么可说的？不知怎样的，两条腿就把我们载出这间病室，与直躺着的宾若君分别了。伤心呵，这就是永远永远的分别，我竟不曾仔细地多看他一眼。

记得床头站着个悲伤的影子，默默的，低头，是宾若君的夫人。

受伤后的七天，宾若君才离开了人世。我因牵于校课，不曾去送殓。后来知道，宾若君在最后的两三天里是吃尽了剧烈的痛楚的。血流得越多，残破的肌肉和内脏越发不可收拾，痛觉也越见厉害。不知几千百回的沉吟哀号，不知几千百回的辗转反侧，使在旁侍奉的人想不出一点儿办法。医生给他打吗啡针，麻醉他的痛觉，但是不见有效，还是一阵阵的痛。后来他实在担当不住了，对自己的命运也已明白，含着眼泪哀恳他的二哥致觉君说："二哥，你是我的亲哥哥，疼我的，请设法让我早点儿死吧！"

致觉君是个诚笃的人，虽然万分伤心，却同意宾若的要求，就去与医生商量。

把病人看做死物一般的医生只是摇头；他们对于病人亲属的眼泪和哀泣，视同行云流水，无所动心。

"他不是绝对没有希望了么?"

"是的，绝对没有希望。"

"他当不起强烈的痛楚呢！"

"我们能够做的，就是给他打针。"

"打了针还是痛。"

"这就没有办法了。"

"与其听他多延时刻，多吃痛苦，还不如让他早点儿解脱，这是我们对于他的唯一帮助，我们是人，人有同情心，不这样做是我们的罪过！"

"向来没有这个办法。"

"哥罗仿（三氯甲烷）之类，你们不是惯用的么？只要分量适合，给他一嗅，就完事了。"

"我不能依你，因为我是医生。"

"病人自己愿意。"

“不相干。”

“我用病人的亲哥哥的名义给你写笔据，并且签字在上面！”致觉君郁悒久了的心情一不自禁，泪珠与哭声迸裂而出，鹘落地跪在医生面前，“医生，我求你，求你的仁慈，请你依我的话！该是犯罪，是杀人，都由我承当！”

“但是医生的宣誓是决不弄死一个还有一线生机的生命。”

“不管病人比死还难堪的痛苦么？”

“虽然痛苦，生机未尽的决不能绝灭他的生机。”

“这是人情么！”致觉君转为愤愤了。

“不问人情不人情，当医生就得如此。”医生还是那样冷静。

于是致觉君只得怀着自己害了弟弟似的歉意再去坐在宾若的榻前，直看他的生命一丝一丝地自己断绝。

宾若君受伤的消息才传出的时候，好些人就开始“逐鹿”，希望继任校长；他们用了各色各样的方法，有巧捷的，也有拙劣的，这且不说。到他的死信传来，学校里立刻笼罩着一重惨雾，却是千真万确的事实。特地为他唱追念的歌，特地为他刻碑砌入教务室的墙壁，都是凭神灵如在的信念来作的。

开追悼会的一天，致觉君出席致感谢。还没有开口，出于天性的友爱的眼泪先已流满两颊，开口时是凄苦的声音，我忍不住，低下头来哭了。

各有各的伤心，可以达到同样的深度而各异其趣，所以说谁最伤心其实是不合的。但是据传闻的消息，宾若君的母亲太伤心了。她因宾若君死于火车，视火车如残暴的恶魔。可是住家贴近西城，每天城外来往的火车不知经过多少回，就得听不知多少回凄厉的汽笛。她听着，心就震荡了，仿佛还将夺去她的别的宝贝！有时惘然失神了，有时泫然掉泪了。忧伤痛苦笼罩她的一切，差不多没法继续她的生活。

关于招魂之类的方术经人推荐，就时时一试。这当然是迷信：但是只要想起母性的生死不渝的爱，你就不会有那种心存鄙弃的轻薄想头了。

其中一个术者声誉最高，也说得最动听。她说宾若君已在某某菩萨座旁为童子，光明而快乐；如果生者多多给他念些经卷，升天成佛是十分稳当的。

这是一条新的道路！她开始念经，凭着坚强的信念，以为果得升天成佛，也就差足安慰。直到现在，念经是她的日课——将永远是她的日课了。

然而念经完全替代了忧伤痛苦么？此殊未必，有一事可以证明。前年江浙战争，他们全家搬来上海，住在致觉君那里。每天下午没到四点半，她就倚着楼廊的栏杆，望致觉君归来。望到了，这才安心，知道放出去的宝贝重复回到掌中。致觉君偶或因事迟归，虽经先期禀明，她必对灯等候，直到看见儿子的笑容确已呈现于面前，然后去睡。使她致此的根源，不就是永远不能磨灭的忧伤痛苦么？

有时经过致觉君家，望见宾若夫人寂寞的侧影，或在灌花，或在闲立，心头就不禁暗淡了。抱着终生的悲哀，为恐伤翁姑的老怀，想来时时要自为敛抑吧；而为孩子的前途起见，想也不愿意多给他伤感的印象：于是只有闷闷地暗自咀嚼那悲哀的滋味，这比起哀号长叹，尽情倾吐来，其难堪岂止十倍。

看见济昌，我同样地黯然，虽然他是个苹果红的面颊乌亮亮的眼睛的可爱的孩子。宾若夫人对于济昌，听说是竭尽了所有的心力的，差不多自己生存的意义就是为着孩子。

济昌与善儿成为很好的朋友，我觉得安慰，父亲与父亲突然中断的缘分，让他们好好接下去，直到永远吧！有一次，善儿来说济昌小病新愈，在家寂寞，济昌的母亲的意思要他去陪着济昌玩儿。我听说，催善儿立刻去；能够使人慰悦的事总是我们应该做的，何况需要慰悦的是济昌母子俩！

现在，两个孩子暂时分别了。我愿他们永远是很好的朋友。这不单是济昌的母亲祖父母伯父等以及我的欢喜，也该是永生在我意念中的宾若君的极大安慰。

1926年11月7日

两法师

在到功德林去会见弘一法师的路上，怀着似乎从来不曾有过的洁净的心情；也可以说带着渴望，不过与希冀看一出著名的电影剧等的渴望并不一样。

弘一法师就是李叔同先生，我最初知道他在民国初年；那时上海有一种《太平洋报》，其艺术副刊由李先生主编，我对于副刊所载他的书画篆刻都中意。以后数年，听人说李先生已经出了家，在西湖某寺。游西湖时，在西泠印社石壁上见到李先生的“印藏”。去年子恺先生刊印《子恺漫画》，丏尊先生给它作序文，说起李先生的生活，我才知道得详明些；就从这时起，知道李先生现在称弘一了。

于是不免向子恺先生询问关于弘一法师的种种。承他详细见告。十分感兴趣之余，自然来了见一见的愿望，就向子恺先生说了。“好的，待有机缘，我同你去见他。”子恺先生的声调永远是这样朴素而真挚的。以后遇见子恺先生，他常常告诉我弘一法师的近况：记得有一次给我看弘一法师的来信，中间有“叶居士”云云，我看了很觉惭愧，虽然“居士”不是什么特别的尊称。

前此一星期，饭后去上工，劈面来三辆人力车。最先是个和尚，我并不措意。第二是子恺先生，他惊喜似的向我颠头。我也颠头，心里就闪电般想起“后面一定是他”。人力车夫跑得很快，第三辆一霎经过时，我见坐着的果然是个和尚，清癯的脸，颔下有稀疏的长髯。我的感情有点激动，“他来了！”这样想着，屡屡回头望那越去越远的车篷的后影。

第二天，就接到子恺先生的信，约我星期日到功德林去会见。

是深深尝了世间味，探了艺术之宫的，却回过来过那种通常以为枯寂的持律念佛的生活，他的态度该是怎样，他的言论该是怎样，实在难以悬揣。因此，在带着渴望的似乎从来不曾有过的洁净的心情里，还搀着些惝恍的成分。

走上功德林的扶梯，被侍者导引进那房间时，近十位先到的恬静地起立相迎。靠窗的左角，正是光线最明亮的地方，站着那位弘一法师，带笑的容颜，细小的眼眸子放出晶莹的光。丏尊先生给我介绍之后，叫我坐在弘一法师的侧边。弘一法师坐下来之后，就悠然数着手里的念珠。我想一颗念珠一声“阿弥陀佛”吧。本来没有什么话要向他谈，见这样更沉入近乎催眠状态的凝思，言语是全不需要了。可怪的是在座一些人，或是他的旧友，或是他的学生，在这难得的会晤时，似乎该有好些抒情的话与他谈，然而不然，大家也只默然不多开口。未必因僧俗殊途，尘净异致，而有所矜持吧。或许他们以为这样默对一二小时，已胜于十年的晤谈了。

晴秋的午前的时光在恬然的静默中经过，觉得有难言的美。

随后又来了几位客，向弘一法师问几时来的，到什么地方去那些话。他的回答总是一句短语；可是殷勤极了，有如倾诉整个心愿。

因为弘一法师是过午不食的，十一点钟就开始聚餐。我看他那曾经挥洒书画弹奏钢琴的手郑重地夹起一荚豇豆来，欢喜满足地送入口中去咀嚼的那种神情，真惭愧自己平时的乱吞胡咽。

“这碟子是酱油吧？”

以为他要酱油，某君想把酱油碟子移到他前面。

“不，是这个日本的居士要。”

果然，这位日本人道谢了，弘一法师于无形中体会到他的愿欲。

石岑先生爱谈人生问题，著有《人生哲学》，席间他请弘一法师谈些关于人生的意见。

“惭愧，”弘一法师虔敬地回答，“没有研究，不能说什么。”

以学佛的人对于人生问题没有研究，依通常的见解，至少是一句笑话。那么，他有研究而不肯说么？只看他那殷勤真挚的神情，见得这样想时就是罪过。他的确没有研究。研究云者，自己站在这东西的外面，而去爬剔、分析、检察这东西的意思。像弘一法师，他一心持律，一心念佛，再没有站到外面去的余裕。哪里能有研究呢？

我想，问他像他这样的生活，觉得达到了怎样一种境界，或者比较落实一点儿。然而健康的人不自觉健康，哀乐的当时也不能描状哀乐；境界又岂是说得出的。我就把这意思遣开；从侧面看弘一法师的长髯以及眼边细密的皱纹，出神久之。

饭后，他说约定了去见印光法师，谁愿意去可同去。印光法师这个名字知道得很久了，并且见过他的文抄，是现代净土宗的大师，自然也想见一见。同去者计七八人。

决定不坐人力车，弘一法师拔脚就走，我开始惊异他步履的轻捷。他的脚是赤着的，穿一双布缕缠成的行脚鞋。这是独特健康的象征啊，同行的一群人哪里有第二双这样的脚。

惭愧，我这年轻人常常落在他背后。我在他背后这样想：

他的行止笑语，真所谓纯任自然，使人永不能忘。然而在这背后却是极严谨的戒律。丐尊先生告诉我，他曾经叹息中国的律宗有待振起，可见他是持律极严的。他念佛，他过午不食，都为的持律。但持律而到达非由“外铄”的程度，人就只觉得他一切纯任自然了。

似乎他的心非常之安，躁忿全消，到处自得；似乎他以为这世间十分平和，十分安静，自己处身其间，甚而至于会把它淡忘。这因为他把所谓万象万事划开了一部分，而生活在留着的一部分内之故。这也是一种生活法，宗教家大概采用这种生活法。

他与我们差不多处在不同的两个世界。就如我，没有他的宗教的感情与信念，要过他那样的生活是不可能的。然而我自以为有点儿了解他，而且真诚地敬服他那种纯任自然的风度。哪一种生活法好呢？这是愚笨的无意义的问题。只有自己的生活法好，别的都不行，夸妄的人却常常这么想。友人某君曾说他不曾遇见一个人他愿意把自己的生活与这个人对调的，这是踌躇满志的话。人本来应当如此，否则浮漂浪荡，岂不像没舵之舟。然而某君又说尤其要紧的是同时得承认别人也未必愿意与我对调。这就与夸妄的人不同了；有这么一承认，非但不菲薄别人，并且致相当的尊敬。彼此因观感而潜移默化的事是有的。虽说各有其生活法，究竟不是不可破的坚壁；所谓圣贤者转移了什么什么人就是这么一回事。但是板着面孔专事菲薄别人的人决不能转移了谁。

到新闸太平寺，有人家借这里办丧事，乐工以为吊客来了，预备吹打起来。及见我们中间有一个和尚，而且问起的也是和尚，才知道误会，说道："他们都是佛教里的。"

寺役去通报时，弘一法师从包袱里取出一件大袖僧衣来（他平时穿的，袖子与我们的长衫袖子一样），恭而敬之地穿上身，眉宇间异样的静穆。我是欢喜四处看望的，见寺役走进去的沿街的那个房间里，有个躯体硕大的和尚刚洗了脸，背部略微伛着，我想这一定就是了。果然，弘一法师头一个跨进去时，就对这位和尚屈膝拜伏，动作严谨且安详。我心里肃然。有些人以为弘一法师该是和尚里的浪漫派，看见这样可知完全不对。

印光法师的皮肤呈褐色，肌理颇粗，一望而知是北方人；头顶几乎全秃，发光亮；脑额很阔；浓眉底下一双眼睛这时虽不戴眼镜，却用戴了眼镜从眼镜上方射出眼光来的样子看人，嘴唇略微皱瘪，大概六十左右了。弘一法师与印光法师并肩而坐，正是绝好的对比，一个是水样的秀美，飘逸，一个是山样的浑朴，凝重。

弘一法师合掌恳请了："几位居士都欢喜佛法，有曾经看了禅宗的语录的，今来见法师，请有所开示，慈悲，慈悲。"

对于这"慈悲，慈悲"，感到深长的趣味。

"嗯，看了语录。看了什么语录？"印光法师的声音带有神秘味。我想这话里或者就藏着机锋吧。没有人答应。弘一法师就指石岑先生，说这位先生看了语录的。

石岑先生因说也不专看哪几种语录，只曾从某先生研究过法相宗的义理。

这就开了印光法师的话源。他说学佛须要得实益，徒然嘴里说说，作几篇文字，没有道理；他说人眼前最紧要的事情是了生死，生死不了，非常危险；他说某先生只说自己才对，别人念佛就是迷信，真不应该。他说来声色有点儿严厉，间以呵喝。我想这触动他旧有的忿忿了。虽然不很清楚佛家的"我执""法执"的涵蕴是怎样，恐怕这样就有点儿近似。这使我未能满意。

弘一法师再作第二次恳请，希望于儒说佛法会通之点给我们开示。

印光法师说二者本一致，无非教人父慈子孝兄友弟恭等等。不过儒家说这是人的天职，人若不守天职就没有办法。佛家用因果来说，那就深奥得多。行善就有福，行恶就吃苦。人谁愿意吃苦呢？——他的话语很多，有零星的插话，有应验的故事，从其间可以窥见他的信仰与欢喜。他显然以传道者自任，故遇有机缘不惮尽力宣传；宣传家必有所执持又有所排抵，他自也不免。弘一法师可不同，他似乎春原上一株小树，毫不愧怍地欣欣向荣，却没有凌驾旁的卉木而上之的气概。

在佛徒中，这位老人的地位崇高极了，从他的文抄里，见有许多的信徒恳求他的指示，仿佛他就是往生净土的导引者。这想来由于他有很深的造诣，不过我们不清楚。但或者还有别一个原因。一般信徒觉得那个“佛”太渺远了，虽然一心皈依，总不免感到空虚；而印光法师却是眼睛看得见的，认他就是现世的“佛”，虔敬崇奉，亲接謦欬，这才觉得着实，满足了信仰的欲望。故可以说，印光法师乃是一般信徒用意想来装塑成功的偶像。

弘一法师第三次“慈悲，慈悲”地恳求时，是说这里有讲经义的书，可让居士们“请”几部回去。这个“请”字又有特别的味道。

房间的右角里，装订作坊似的，线装、平装的书堆着不少；不禁想起外间纷纷飞散的那些宣传品。由另一位和尚分派，我分到黄智海演述的《阿弥陀经白话解释》，大圆居士说的《般若波罗蜜多心经口义》，李荣祥编的《印光法师嘉言录》三种。中间《阿弥陀经白话解释》最好，详明之至。

于是弘一法师又屈膝拜伏，辞别。印光法师颠着头，从不大敏捷的动作上显露他的老态。待我们都辞别了走出房间，弘一法师伸两手，郑重而轻捷地把两扇门拉上了。随即脱下那件大袖的僧衣，就人家停放在寺门内的包车上，方正平帖地把它折好包起来。

弘一法师就要回到江湾子恺先生的家里，石岑先生予同先生和我就向他告别。这位带有通常所谓仙气的和尚，将使我永远怀念了。

我们三个在电车站等车，滑稽地使用着“读后感”三个字，互诉对于这两位法师的感念。就是这一点，已足证我们不能为宗教家了，我想。

1927年10月8日

春联儿

出城回家常坐鸡公车。十来个推车的差不多全熟识了，只要望见靠坐在车座上的人影儿，或是那些抽叶子烟的烟杆儿，就辨得清谁是谁。其中有个老俞，最善于招揽主顾，见你远远儿走过去，就站起来打招呼，转过身子，拍拍草垫，把车柄儿提在手里。这就叫旁的车夫不好意思跟他竞争，主顾自然坐了他的。

老俞推车，一路跟你谈话。他原籍眉州，苏东坡的家乡，五世祖放过道台，只因家道不好，到他手里流落到成都。他在队伍上当过差，到过雅州和打箭炉。他种过庄稼，利息薄，不够一家子吃的，把田退了，跟小儿子各推一挂鸡公车为生。大儿子在前方打国仗，由二等兵升到了排长，隔个把月二十来天就来封信，封封都是航空挂。他记不清那些时常改变的地名儿，往往说："他又调动了，调到什么地方——他信封上写得清清楚楚，下回告诉你老师吧。"

约摸有三四回出城没遇见老俞。听旁的车夫说，老俞的小儿子胸口害了外症，他娘听信邻舍妇人家的话，没让老俞知道请医生给开了刀，不上三天就死了。老俞哭得好伤心，哭一阵子跟他老婆拼一阵子命。哭了大半天才想起收拾他儿子，把两口猪卖了买棺材。那两口猪本来打算腊月间卖，有了这本钱，他就可以做些小买卖，不再推鸡公车，如今可不成了。

一天，我又坐老俞的车。看他那模样儿，上下眼皮红红的，似乎喝过几两干酒，颧骨以下的面颊全陷了进去，左边陷进更深，嘴就见得歪了。他改变了往常的习惯，只顾推车，不开口说话，呼呼的喘息声越来越粗，我的胸口，也仿佛感到压迫。

"老师，我在这儿想，通常说因果报应，到底有没有的？"他终于开口了。

我知道他说这个话的所以然，回答他说有或者没有，同样嫌啰嗦，就含糊其辞应接道："有人说有的，我也不大清楚。"

"有的吗？我自己摸摸心，考问自己，没占过人家的便宜，没糟蹋过老天爷生下来的东西，连小鸡儿也没踩死过一只，为什么处罚我这样凶？老师，你看见的，长得结实干得活儿的一个孩儿，一下子没有了！莫非我干了什么恶事，自己不知道。我不知道，可以显个神通告诉我，不能马上处罚我！”

这跟《伯夷列传》里的“天之报施善人其何如哉！”“傥所谓天道是耶非耶？”是同样的调子，我想。我不敢多问，随口说：“你把他埋了？”

“埋了，就在邻舍张家的地里。两口猪，卖了四千元，一千元的地价，三千元的棺材——只是几片薄板，像个火柴盒儿。”

“两口猪才卖得四千元。”

“腊月间卖当然不止，五千六千也卖得。如今是你去央求人家，人家买你的是帮你的忙，还论什么高啊低的。唉，说不得了，孩子死了，猪也卖了，先前想的只是个梦，往后还是推我的车子——独个儿推车子，推到老，推到死！”

我想起他跟我同岁，甲午生，平头五十，莫说推到死，就是再推上五年六年，未免太困苦了。于是转换话头，问他的大儿子最近有没有信来。

“有，有，前五天接了他的信。我回复他，告诉他弟弟死了，只怕送不到他手里，我寄了航空双挂号。我说如今只剩你一个了，你在外头要格外保重。打国仗的事情要紧，不能叫你回来，将来把东洋鬼子赶了出去，你赶紧就回来。”

“你明白。”我着实有些激动。

“我当然明白。国仗打不赢，谁也没有好日子过，第一要紧是把国仗打赢，旁的都在其次。——他信上说，这回作战，他们一排弟兄，轻机关枪夺了三挺，东洋鬼子活捉了五个，只两个弟兄受了伤，都在腿上，没关系。老师，我那儿子有这么一手，也亏他的。”

他又琐琐碎碎地告诉我他儿子信上其他的话，吃些什么，宿在哪儿，那边的米价多少，老百姓怎么样，上个月抽空儿自己缝了一件小汗褂，鬼子的皮鞋穿上脚不及草鞋轻便，等等。我猜他把那封信总该看了几十遍，每个字都让他嚼得稀烂，消化了。

他似乎暂时忘了他的小儿子。

新年将近，老俞要我给他拟一副春联儿，由他自己去写，贴在门上。他说好几年没贴春联儿了，这会子非要贴它一副，洗刷洗刷晦气。我就给他拟了一副：

有子荷戈庶无愧

为人推毂亦复佳

约略给他解释一下，他自去写了。

有一回我又坐他的车，他提起步子就说：“你老师给我拟的那副春联儿，书塾里老师仔细讲给我听了。好，确实好，切，切得很，就是我要说的话。有个儿子在前方打国仗，总算对得起国家。推鸡公车，气力换饭吃，比哪一行正经行业都不差。老师，你是不是这个意思？”

我回转身子点点头。

“你老师真是摸到了人家心窝里，哈哈！”

1944年5月22日

邻舍吴老先生

一天早晨，太阳很好，可没见同院的吴老先生出来晒他的手提皮箱。一打听知道他病倒了。说是病其实不大贴切，既不发烧，又没什么痛楚，不过头脑有些儿发胀，胸口有些儿发闷，就懒得起来。他那儿子任夫先生，一个公务员，对我解释道："只为昨天表兄来了，随随便便说了一句话。"

"什么话呢？"

"家父问他家乡情形怎么样，他说秩序还不错，地方上跟日本人处得很好，日本人常常说，你们这儿的人是最出色的中国人。就是这一句话。"

"他老先生听了怎么说？"

“他听了闭上眼睛皱着眉，不说什么。半晌才看定了我，‘我决意做迁川第一世祖了，’他说，‘最出色的中国人，日本人亲口评定的，咱们不能跟他们一伙儿住。我是老了，无所谓，你还年轻，还有小林儿，我希望你们的骨头有些斤两。四川也好，就住四川吧。往后有人问你贵处哪儿，你就说敝籍四川。千万不要把家乡的名儿说出来，打这会子起，我对家乡的名儿感到羞愧，我不好意思再说我是某地方人。’他老人家说了这么些话，到夜就没有吃晚饭。”

“他老先生原是最巴望回去的，听说成渝铁路又将动工他高兴，听说盟国在计划发展民航事业他高兴，今儿胜利等不到明儿动身似的。”

“你看他见着太阳总不忘晒他的手提皮箱，只怕动身日子一到，为了晒皮箱耽搁。”

“他老先生真的就横了心，不想回去了吗？”

“我想也不过说说罢了。昨天他说了，我当然顺着他，说做四川人也好。到那一天把日本人赶了出去，我们还不是钻头觅缝想办法，最好挤上头一班下水船？我们为什么不回去？你想，人家是动也没动一动，死守在本乡本土，当顺民，当小汉奸，到了那个时候，他们哪儿还说得嘴响？我们可完全不一样，我们是吃尽辛苦，跑了几千里路，跟着政府内迁的，我们是义民——谁说的，一下子想不起来了，总之没有错，我们是义民。地方上有什么事啊务的，还不该由我们来承当？就是说两句公众话，我们的当然也特别有力量。我们为什么不回去?”

我虽然跟他们吴氏父子一样，家乡还在沦陷中，自己是寄寓在四川，可没有想到将来回去可以享受特殊权益，像任夫先生说的。我想这个想头有些妙，一时说不下去，只见任夫先生嫌他的身材不够高似的，狠狠地挺了一挺。

两天过去，吴老先生好了，可是从此以后，太阳虽好，再没见他晒他的手提皮箱。廊沿前他种着两盆石斛，以前几乎见我一回说一回，石斛这东西滋阴，清内热，煎汤喝是最妙的饮料，回去的时候一定要带着走，哪怕多花些脚力，川石斛，在下江是太名贵了，这些话现在他也不再说了。

他改变了不出门的习惯，正月初七游草堂寺，春二三月青羊宫赶花会，四月初八望江楼看放生，有什么应景的名目他都要去看看。回来就气吁吁地躺在廊下那张竹榻上，见着我或是他儿子，往往说“成都确也不错，成都确也不错……”有时还加上说：“只是菜吃不惯，住了足足六个年头还没有惯，样样要加些花椒面和辣子，还有葱蒜，简直是跟舌头鼻子为难。”

门前有挑着树苗卖的，随便讲价讲成了，他老先生买了两株橘树苗。他叫他儿子种在院子里，他在一旁相度，两株该距离多少远将来才可以各自发展。种停当了，他坐下来，自言自语道：“开花，总得七八年，结果，总得十来年吧。

不过没关系，反正有人闻它的花香，吃它的橘子就是了。”

从橘子谈到了四川省的水果。他说除了橘子、广柑、苹果、龙眼以外，其他都不好吃，尤其是枇杷，一层厚皮包着几颗核儿，单单忘了长肉。他说他们家里有两株大枇杷树，每年结上五六担，红毛白沙，个儿有核桃大，甜得胜过冰糖，冰糖没有它那股鲜味。他说现在是采枇杷的时令了。

他沉默了一会儿，突然朝我说：“叶先生，古人说到处为家，你看是不是有些道理？”

“人不比树木，树木生根在地里，移动不得，人当然可以到哪儿住哪儿。”我迎合老先生的意思。

“你看，这儿四川这么多人，打听他们的祖先，都是旁的地方来的。他们来了，住下了，一样在这儿成立了家业，长养了子孙。”

任夫先生朝我看看，同时擦掉他手掌心的土。

吴老先生低下头，喃喃地念着不知道哪儿来的文句：“其俗柔靡，人轻节义……”

1944年5月5日作

胡愈之先生的长处

胡愈之先生是我们《中学生》杂志的老朋友，从《中学生》杂志创刊到复刊，他一直给我们许多帮助，不但为我们写文字，还帮我们出主意，定规划。如今的新读者也许不很知道胡先生其人，可是从五年之前起往上溯，那时候的读者一定知道他。假如那时候的读者在《中学生》杂志以外还看旁的杂志，接触他的文字更多，那就不但知道他，并将永远地记住他了。

今年得到消息，说胡先生在南洋某地病故了。朋友们听了，都感到异样的怅惘，与他作朋友很少会是泛泛之交的。消息极简略，可是据说十之八九可靠。我们真个失掉了这位老朋友吗？于是大家作些文字来纪念他，汇刊在这儿，成个特辑。万一的希冀是海外东坡，死讯误传。如果我们有那么个幸运，等到与他重行晤面，这个特辑就是所谓“一死一生，乃见交情”的凭证，也颇有意义。

我不想在这儿说我与胡先生的私交，因为这在一般读者看来，没有多大关系。我只想说胡先生的自学精神。他没有在中学毕业，从职业中学习，从生活中学习，始终不懈，结果既博且通，为多数正途出身的人所不及。我们经常标榜自学，也许有人以为徒然说得好听，难收真实效果。但是我们可以坚决地说绝对不然，胡先生就是个最可凭信的实例。

我只想说胡先生的组织能力。他创设了许多团体，计划了许多杂志与书刊，理想不嫌其高远，而步骤务求其切实。他善于识别朋友的长处，加以运用与鼓励，使朋友人人尽其所长，把团体组织得很好，把杂志书刊办得很好。这种能力，在现代社会中是极端需要的，却又是一般人所极端缺乏的。章程议定，计划通过，招牌挂起，下文就没有了，是我们常见的事。但是我们深切地知道，要真个干一些事，非有胡先生那样的组织能力不可。

我只想说胡先生的博爱思想。我想这或许是从他学习世界语种下根的。世界语原来不仅是一种工具，其中还蕴蓄着人类爱的精神。后来他入世更深，知道普遍的人类爱还是未来的事，在当前，有所爱就不能不有所憎，爱的方面越真切，憎的方面也越深刻，深刻的憎正所以表现真切的爱，而表现的方式不限于用口用笔，尤其紧要的是用行为。在后半截的生涯中，他奔走各地，栖栖皇皇，计划这个，讨论那个，究竟何所为呢？为名吗？为利吗？都不是。无非实做“有所为”三个字而已。为什么要“有所为”？本于他那种博爱思想，只觉得非“有所为”不可而已。

我只想说胡先生的友爱情谊。这与前一点是关联的。朋友之可贵，不在聚集在一起吃点儿，喝点儿。一个人既要“有所为”，他知道无论什么事决不是独个儿办得了的，必须与他人通力合作才成，那时候朋友就像自己的性命一样，友爱情谊自然而然深挚起来。近来有几位朋友与我谈起，朋辈之中，胡先生最笃于友谊，他关顾朋友甚于关顾他自己。在感叹家说起来，这是“古道”，如今不可多得了。其实这也是“新道”，惟有不“古”不“新”的人物，才以为友谊是无足轻重的。

以上说了四点，自学精神，组织能力，博爱思想，友爱情谊，是胡先生的长处，我们一班朋友所公认的。关于这四点，都没有叙及具体事实，因为几位朋友的文字中都有叙及，不必重复了。

在纪念人物的文字中，有句老调，“我们要学某人的什么什么”。我不想学这句老调。我以为看了几篇纪念文字就会“学”起某人来，没有这么简单，“学”的因素很多，种种因素具备了才得完成个“学”字。不过，看了几篇纪念文字，在思想行为上发生或多或少的影响，如茅盾先生说的，受了那人物的感召力，是可能的。现在我们纪念胡先生，一位可敬的朋友，写了几篇纪念文字，这几篇文字如果能在读者的思想行为上发生若干影响，那就不是浪费笔墨，我们对于胡先生的怀念也可以稍稍发抒了。

在本志复刊后第十八期中，登过胡先生的一篇《论进步与后退》，现在在本期重印一次，让读者们再与他接触一回，听听他那非进步不可的论调。

1945 年

略谈雁冰兄的文学工作

我与雁冰兄初次会面，记不清是民国九年还是十年，总之在“文学研究会”成立，《小说月报》革新之后。列名发起“文学研究会”，经常投稿《小说月报》，都由郑振铎兄来信接头。那时振铎兄在北京，彼此也没有会过面，他见我在《新潮》上登载几篇小说，就通起信来了。《小说月报》革新号印出来，我的一篇小说蒙雁冰兄加上几句按语，表示奖赞，我看了真有受宠若惊之感。到了上海，就到他鸿兴坊的寓所去访问他。第一个印象是他精密和广博，我自己与他比，太粗略了，太狭窄了。直到现在，每次与他晤面，仍然觉得如此。那时还遇见他的弟弟泽民，一位强毅英挺的青年。振铎兄已经从北京到上海来了。我们同游半淞园，照了相片。后来商量印行《文学研究会丛书》，拟订目录，各国的文学名著由他们几位提出来，这也要翻，那也要翻，我才知道那些名著的名称。

雁冰兄是自学成功的人。他在商务印书馆任事，编译工作不仅是他的职业，也是他磨练自己的课程。在主办《小说月报》以前，已经有好些著译问世了。那时候似乎还不大有人注意世界文艺思潮，杂志上的一些译品，以及成本的翻译小说，无非像苏州人所说“拉在篮里就是菜”，碰到什么就翻什么。雁冰兄却专心阅读外国的文艺书报，注意思潮与流派，又运用他的精审识力，选择内容与风格都有特点的那些小说翻出来，后来编成的集子如《雪人》《桃园》等，大家认为是最好的选集。他把许多书堆在床头，纸笔也常备，半夜醒来，想起些什么，就捻亮了电灯阅读，阅读有所得，惟恐遗忘，赶紧写在纸片上。当时我闻知他有这样的习惯，非常钦服，我是从来没有这样勤奋的。

《小说月报》的革新是极有意义的事。这种杂志记得创刊在宣统年间，原只是供人消闲的东西。后来恽铁樵先生接办，要在小说之中讲求古文义法，未免矫枉过正。恽先生办了几年，不知道为什么，又由先前的编者王莼农先生接办，恢复了以前的格调。但是“五四”运动起来了，喊出了“新文学”的名称。就粗处说，新文学好像等于白话文学，其实不尽然，除了使用白话以外，大家心目中还有一个朦胧的影像，要求一种骨子里全新的文学。于是雁冰兄接办《小说月报》了，理论与作品并重，对于文学，认认真真做一番启蒙工作。在以前，梁任公先生以及其他几位也出过小说杂志，用意也在启蒙，然而他们的观点太切近功利，刊载的作品又是谴责性质的居多，反而把文学的功能缩小了。我不说革新以后的《小说月报》怎样了不起，我只说自从《小说月报》革新以后，我国才有正式的文学杂志，而《小说月报》革新是雁冰兄的劳绩。

雁冰兄起初不写小说，直到从武汉回上海以后，才开始写他的《幻灭》。其时《小说月报》由振铎兄编辑，振铎兄往欧洲游历去了，我代替他的职务。我说，让我试试。虽说试试，答应下来就真个动手。不久《幻灭》的第一部分交来了。登载出来，引起了读者界的普遍注意，大家要打听这位“茅盾”究竟是谁。徐志摩先生曾经问我：“《幻灭》是你的东西吧？”我摇摇头：“我哪里写得出这样的东西。”他不再问究竟是谁了，我想他一定厌我不肯坦白告诉他。雁冰兄在第一份原稿上署名“矛盾”，他自有他的意思。可是《百家姓》中没有矛姓，把“矛”字改写成“茅”字，算是姓茅名盾，似乎好些，这是我的意思。与他商量，他不反对，就此写定了。谁知道后来有少数人以为“茅盾”是“矛盾”的正写，在用到“矛盾”的地方有意把“矛”字写成“茅”字，这贻误的责任应该由我负担。

《幻灭》之后接写《动摇》，《动摇》之后接写《追求》，不说他的精力弥满，单说他扩大写述的范围，也就可以大书特书。在他三部曲以前，小说哪有写那样大场面的，镜头也很少对准他所涉及的那些境域。我很荣幸，有读他三部曲的原稿的优先权，又一章一章地替他校对，把原稿排成书页。那时我与他是贴邻，他的居室在楼上，窗帷半掩，人声静悄，入夜电灯罩映出绿光，往往到深更还未捻灭。我望着他的窗口，想到他的写作，想到他的心情，起一种描摩不来的感念。如今回想起来，那种感念依然如新，但是时间相距已经十七八年了。

他作小说一向是先定计划的，计划不只藏在胸中，还要写在纸上，写在纸上的不只是个简单的纲要，竟是细磨细琢的详尽的纪录。据我的记忆，他这种工夫，在写《子夜》的时候用得最多。我有这么个印象，他写《子夜》是兼具文艺家写作品与科学家写论文的精神的。近来他写《霜叶红似二月花》与《走上岗位》，想来仍然是这样。对于极端相信那可恃而未必可恃的天才的人们，他的态度该是个可取的模式。

最近问起他《霜叶红似二月花》的后文如何，他告诉我还没有写下去。我心里想，《霜叶红似二月花》缓些也无妨，按照他以前写三部曲的先例，在这个时日，他有更急于要写的题目，大家在等待写那种题目的作品，而他正是适于写那种题目的作者。可是我没有把这个意思说出来，我知道说了出来他将怎样回答我。然而，那种沉闷的天气会长久吗？“争自由的波浪”终将掀动整个海洋。今年雁冰兄五十岁，算它十年，到他六十岁的时候，他的纪念碑式的作品必然写了起来而且完篇了。我们等着吧。

1945年

驾　长

白木船上的驾长就等于轮船上的大副，他掌着舵。

一个晚上，我们船上的驾长喝醉了。他年纪快五十，喝醉了就唠唠叨叨有说不完的话。那天船歇在云阳，第二天要过好几个滩。他说推桡子的不肯卖力，前几天过滩，船在水面打了个转，这不是好耍的。他说性命是各人的，他负不了这个责。当时就有个推桡子的顶他：“‘行船千里，掌舵一人’，你舵没有把稳，叫我们推横桡的怎么办！”

在大家看来，驾长是船上顶重要的人物。我们雇木船的时候，担心到船身牢实不牢实。船老板说：“船不要紧，人要紧。只要请的人对头，再烂的船也能搞下去。”他说的

“人”大一半儿指的驾长。船从码头开出，船老板就把他的一份财产全部交给驾长了，要是他跟着船下去，连他的性命也交给了驾长。乘客们呢？得空跟驾长聊几句，晚上请他喝几杯大曲。“巴望他好好儿把我们送回去吧，好好儿把我们送回去吧。”

舵在后舱，一船的伙计就只有驾长在后舱做活路。我们见着驾长的时候最多，对于驾长做的活路比较熟悉。一清早，我们听驾长爬过官舱的顶篷到后舱的顶篷，一手把后舱的一张顶篷揭起，一片亮就透进舱来。我们看他把后舱的顶篷全收了，拿起那块长长的蹬板搁在两边舱壁上，一脚蹬上去，手把住舵。于是前面的桡夫就下篙子，船撑开了。

驾长那么高高地站在蹬板上，头露出在顶篷外，舵把子捏在手里，眼睛望着前面。我们觉得这条船仿佛是一匹马，一匹能够随意驰骋的马，而驾长是骑手。你要说这是个很美的比喻吧？可是，他掌着舵只是做活路，没有大野驰马的豪兴。我们同行有两条船，两条船上的驾长都喝酒。我们船上的年纪大多了，力气差些，到滩上，他多半在蹬板上跺脚，连声喊：“扳重点！扳重点！……就跟搔痒一样！”有一回，舵把子打手里滑脱了，亏得旁边几个乘客帮他扳住。他重新抓住舵把子的时候，笑了笑说：“好几个百斤重呢，不是说着耍的。”另一条船上的年轻人什么时候都喝酒，他夸张地摆给我们听：“不喝酒可有点儿害怕呢。脚底下水那么凶，不说假的，你们看到就站不住。喝点酒，要放心些。”我们的驾长就不然，做活路的时候他决不喝酒。这不是说他比那年轻人胆大，对于可怕的水他们两个抱着不同的害怕态度。

木船上禁忌很多，好些话不能说。偏偏那些话关于航行的多，我们时常会不知不觉地说出来。推桡子的听见了，会朝我们说：“说不得，说不得。”驾长听见了，会老大地不高兴，好像我们故意在跟他捣蛋。是的，人家把性命财产交给了他，他把这个责任跟他自己的性命一半儿交给了“经验”，还有一半儿呢，不知道交给什么，也许就是交给那些禁忌吧。船上的伙计们说：“船开动了头，就不消问哪天到哪里。这是天的事，你还做得到主啊？”

川江的水凶，水太急的地方，单凭一把舵转不过弯来。所以船头上还有一根梢子，在要紧时候好帮帮舵的忙。扳梢子的大家也把他叫做驾长。到滩上，他总站在船头比手势，给掌舵的指明水路，好像是轮船上的领江。他拿到的工钱跟掌舵的一样。

1981年10月14日修改

夏丏尊先生逝世

我们要告诉读者诸君一个哀痛的消息，夏丏尊先生在上月二十三日下午九点三刻逝世了。他害了肺病，一直没有注意，不知道染上了多久。发觉害病在去年夏秋之交，休养了一些日子，到胜利消息传来的时候，已经好起来，当夜的过度兴奋使他没有睡觉。再度发病在今年一月间，起初是不能出门，后来就不能离床，延续三个月，终于不治而死。他享年六十一岁。

本志在民国十九年创刊，夏先生是创刊当时的主编人。他与我们一班朋友不办旁的杂志，却办《中学生》，老实说，由于我们不满意当前的学校教育。学生在学校里，应该名副其实地受教育，可是看看实际情形，学生只得到些僵化的知识。僵化的知识可以作生活的点缀品，这也懂得一些，那也懂得一些，就可以摆起知识分子的架子来，但是，僵化的知识不能化为好习惯，在生活上终身受用。夏先生写过一篇《受教育与受教材》，阐明的就是这层意思。我们想，尽我们的微力，或许对于学生界有些帮助吧，于是办起《中学生》来。我们自知所知所能都很有限，不敢处于施与者的地位，双手捧出一套东西来，待读者诸君全盘承受。我们只能与读者诸君处于同等地位，彼此商商量量，共学互勉，就在这中间受到一些名副其实的教育。我们说“帮助”，意思就在于此。这个作风是夏先生开创的，后来杂志虽然不归他编了，作风可没有改变。现在夏先生离开我们了，我们自然要继承他的遗志，凭本志给学生界一些帮助，永远不改变。

在目前的读者诸君中，认识夏先生的想来不多。但是，由于本志，由于他所著译的《平屋杂文》《爱的教育》等书，由于他参加创办的开明书店，心目中有个夏先生在的，为数一定不少。现在我们宣布夏先生逝世的消息，诸君该会恻然伤神，悼念这位神交的朋友。在这儿，容我们叙述关于夏先生的几点，供诸君悼念他的时候参考。

夏先生幼年在家塾读书，学作八股文，十六岁上考取了秀才。十七岁开始受新式教育，考进上海的中西学院，只读了一学期。十八岁进绍兴府学堂，也只读了一学期。后来往日本留学，先进宏文学院普通科。没等到毕业，考进东京高等工业学校。不到一年，就因费用不给回国，开始当教员，那时他二十一岁。他受学校教育的时期非常之短，没有在什么学校毕过业，没有领过一张毕业文凭。他对于社会人生的看法，对于立身处世的态度，对于学术思想的理解，对于文学艺术的鉴赏，都是从读书、交朋友、面对现实得来的，换一句说，都是从自学得来的。他没有创立系统的学说，没有建立伟大的功业，可是，他正直地过了一辈子，识与不识的人一致承认他有独立不倚的人格。自学能够达到这个地步，也就是大大的成功了。如果有怀疑自学的人，我们要郑重地告诉他，请看夏先生的榜样。

夏先生当教师，没有什么特别的秘诀，用两句话就可以概括：对学生诚恳，对教务认真。人生在世，举措有种种，方式也有种种，可是扼要说来，不外乎对人对事两项。对学生诚恳，对教务认真，在教师的立场上，可以说已经抓住了对人对事两项的要点。所以他的许多学生虽然已届中年，没有不感到永远乐于与他亲近的。分处两地的写信给他，同在一地的时常去看望他，与他谈论或大或小的事，向他表示种种的关切。偶尔有几个见解与他违异，或者因为行为不检，思想谬误，受过他当面或背后的指斥，他们仍然真心地爱他，口头心头总是恭敬地叫他“夏先生”。在他殡殓的那一天，他的一位学生朱苏典先生走进殡仪馆就含着眼泪，眼圈红红的，直到遗体入殓，没有能抑制他的悲戚。朱先生五十光景了，已经留须，牙齿也有脱落，看见这么一位老学生伤悼他的老师，真令人感动，同时觉得必须是这样的老师才不愧为老师。目前的教育要彻底改革，已经毫无疑问，可是教育无论如何改革，总得通过教师才会见实效。我们期望像夏先生那样的教师逐渐多起来，配合着今后政治经济种种的改革，守住教育的岗位，对学生诚恳，对教务认真。

上月二十二日上午，距离夏先生逝世三十四小时半，夏先生朝社友叶圣陶说了如下的话："胜利，到底啥人胜利——无从说起！"说这话以前，他已曾昏迷过好几回，说这话的时候却是清醒的，病容上那副悲天悯人的神色，令人永远不忘。胜利消息传来的那一夜他兴奋得睡不成觉，在八个月之后，在他逝世的前一天，却勉力挣扎说出这样的话来，可见几个月来他的伤痛很深。他那伤痛不是他个人的，是我国全体老百姓的，老百姓经历了耳闻目睹以及身受的种种，谁不伤痛，谁不想问一声："胜利，到底啥人胜利？"自私自利的那批家伙太可恶了，他们攘夺了老百姓的胜利，以致应分得到胜利的老百姓得不到胜利。但是我们要虔敬地回答夏先生，胜利终会属于老百姓的，这是事势之必然。老百姓要生活，要好好的生活，要物质上精神上都够得上标准的生活，非胜利不可。胜利不到手，非努力争取不可。努力复努力，争取复争取，最后胜利属于老百姓。夏先生，你安心地休息吧，待你五年祭十年祭的时候，我们将告诉你老百姓已经得到了胜利的消息。

1946年5月

“生活教育”

——怀念陶行知先生

关于教育的见解，千差万别，可是扼要地区别起来，也很简单，大致可以分为相反的两派。就教育的目标说，一派希望受教育者成为工具，另一派希望受教育者成为人，独立不倚的人，不比任何人卑微浅陋的人。就教育的理解说，一派认为受教育者像个空瓶子，其中一无所有，开着瓶口等待把东西装进去，另一派认为受教育者自有发掘探讨的能力，这种能力只待培养，只待启发，教育事业并非旁的，就只是做那培养和启发的工作。就教育的方法说，一派注重记诵，使受教育者无条件地吞下若干东西，另一派注重创发，不但使受教育者吞下若干东西，尤其重要的在使受教育者消化那些东西，化为自身的新血液，新骨肉。以上说的目标，理解，方法三项是一致的。前一派希望受教育者成为工具，就不能不把他们认作空瓶子，要他们无条件地吞下若干东西。后一派希望受教育者成为人，自然要把他们当人看待，自然要把培养能力启发智慧作为教育的任务，自然要竭力使他们长成新血液，新骨肉。就受教育者的方面说，受前一派的教育是“为人”，有人需要一批工具，你是应命准备去做工具，不是“为人”是什么？受后一派的教育是“为己”，“古之学者为己”的“为己”，发展智能，一辈子真实受用，这种教育就是陶行知先生所说的“生活教育”。

在皇帝的时代，在法西斯的国家，当然推行前一派的教育。皇帝要人民作工具供养他，法西斯机构要人民作工具拥护它，势所必然把教育作为造成工具的手段。但是，皇帝早已推翻了，法西斯已经打垮了，在人民的世纪中，人人要做独立不倚的人，不比任何人卑微浅陋的人，就必须推行后一派的教育，如陶行知先生所说的“生活教育”。

放眼看我国当前的教育，无论认识方面，表现方面，都还脱不出前一派的窠臼。教育原不是孤立的事项，有这么样的中国，就有如现在模样的教育。有人说，要把教育办好了，才可以把中国弄好。这自然见出对于教育的热诚和切望，可是实做起来未必做得通。还是调转来说，要把中国弄好了，才可以脱出前一派教育的窠臼，彻头彻尾地推行后一派的教育。所以陶行知先生一方面竭力提倡“生活教育”，一方面身任民主运动的先锋。现在推行“生活教育”，不怕艰难，不避危害，当然也有成就，那成就对于中国的弄好也大有帮助。然而那成就只是一点一滴的，要收到普遍的效果，要使人人受到充实自己、发展自己的教育，总得在中国真正弄好了之后。

担任教育工作的人多极了，人的聪明才智，一般说来是相去不远的，然而像陶行知先生那样提倡并且推行“生活教育”的有几人？像陶行知先生那样认清教育与其他事项的关系，献身于民主运动的又有几人？安得陶行知先生的精神化而为千，化而为万，整个教育界的人都把陶行知先生作为楷模，使中国与中国的教育一改旧观啊！

1946年11月

“相濡以沫”

去年在重庆，参加鲁迅先生纪念会，我提起了他爱用的一句话“相濡以沫”。今年在上海，参加他的逝世十周年纪念会，我仍旧提起了这句话。

大概是我的话没有说清楚，或者根本没有把意思表达出来。第二天看报纸的记载，与我所说的不大相符。因此再在这里说一说，辞句和顺序未必与说话当时全同，大旨却不相违异。

“相濡以沫”这句话出于《庄子》，鲁迅先生常爱引用它，只是断章取义，与这句话的上下文不大有关系。单就这句话看，是一个悲壮动人的场面。一群鱼失了水，干得要死，大家吐出口沫来，彼此互相沾润，借此延长大家的生命。试想，吐出自己仅有的东西来，不但沾润自己，还要互相沾润，那“生的意志”的强固和“群的联系”的强固，不是够得上悲壮两个字的考语吗？

鲁迅先生引用这句话，为的是他所处的环境正是一片干地，没有一滴水。他又见和他同在的人所处的是相同的环境，于是自然而然记起这句话。说它是口号，不如说它是信念。他奉行的信念，在一片干地上，所吐的口沫非常之多。二十册的《鲁迅全集》是他的口沫，新近出版的《鲁迅全集补遗》是他的口沫，由他校印的木刻画集以及《海上述林》等书是他的口沫，尤其重要的，他那明辨是非的态度，坚决奋斗的精神，待人接物的诚恳与认真，全是他的口沫。与他接触的人见他的为人，读他的文字，也各各吐出他们的口沫，相信他，学习他，和他在一起。到了今日，“走鲁迅先生的道路”成为普遍的号召了。我想这么说：鲁迅先生的影响所以伟大，就在于他奉行那“相濡以沫”的信念。

鱼到了“相濡以沫”的境地，虽然延长一时的生命，结果总不免死掉。可是，鲁迅先生引用这句话是取作比喻，说的还是人事。就人事方面想，情形就不同了。鲁迅先生逝世不久，我曾作一首七律挽他，现在抄在这里：

木坏山颓万众悲，感人岂独在文辞。

暖姝夙恨时流态，刚介真堪后死师。
岩电烂然无不照，遗容穆若见深慈。
相濡以沫沫成海，试听如潮继志词。

前面六句不说，只说末后两句。这两句还是比喻。人与人要是“相濡以沫”，范围越推越广，口沫越聚越多，不将汇成大海吗？既然有个大海，被喻为鱼的人就可以在其中游泳自如，不再是干得要死的鱼了。而现在，大海已经汇成了，因为已经听见了潮水似的声音。潮水似的声音就是所谓“继志词”，就是“走鲁迅先生的道路！”“学习鲁迅先生的精神！”一类的号召。

1946年

编辑附记

本套“名家散文珍藏”丛书收入现当代文学名家的散文经典。

为了方便读者阅读，同时兼顾原作风貌，我们在编辑过程中，适当修改了明显的排印错误和个别容易造成理解混乱的字词及标点符号。对于体现作家鲜明创作个性的字词和反映当时行文习惯的标点符号予以保留。

图书在版编目(CIP)数据

叶圣陶散文 / 叶圣陶著. —杭州:浙江文艺出版社,2019.9

(名家散文珍藏)

ISBN 978-7-5339-5777-3

Ⅰ. ①叶…　Ⅱ. ①叶…　Ⅲ. ①散文集—中国—现代　Ⅳ. ①I266

中国版本图书馆 CIP 数据核字(2019)第 158736 号

责任编辑　谢园园

装帧设计　观止堂_未氓

责任印制　张丽敏

叶圣陶散文 YE SHENGTAO SANWEN

叶圣陶　著

出版　浙江文艺出版社

网址　www.zjwycbs.cn

经销　浙江省新华书店集团有限公司

制版　杭州天一图文制作有限公司

印刷　浙江新华数码印务有限公司

开本　850 毫米 × 1168 毫米　1/32

字数　128 千字

印张　7

插页　5

印数　0001-6000

版次　2019 年 9 月第 1 版

印次　2019 年 9 月第 1 次印刷

书号　ISBN 978-7-5339-5777-3

定价　**42.00 元**